香港中文大學

萍蹤

［日］尾崎秀樹 著
陸澤軍 譯

出 品

www.readinglife.com

新经典文化股份有限公司

【堂元笔记 1】

三月十日，星期六。

手术顺利结束。目前未见异常，未发生信号混乱和电流过剩。每隔一分钟进行一次图形记录和波形解析。未发生排斥反应，生命体征正常。

向宣传负责人做最终报告，向给予支持的医生们致谢，记者招待会之前通过内线电话报告系主任。如系主任所言："剩下的，就看天意了。"

从数据上看，昏睡状态持续了数周，其间在集中治疗室加以观察，苏醒后根据意识恢复程度灵活处理。任命助手小橘为负责人。

器官捐赠者的遗体缝合后按预定计划处理。记者招待会上关于捐赠者的质问不少，以伦理委员会的公约为由一概拒绝回答。

现在是深夜十一点半，马上就是十一日。过去的一天漫长紧迫。各路人马能否不出差错？等待受赠者苏醒的过程令人焦急又惶惶不安。

1

　　刚开始,我觉得像在梦中漂浮,接着,混浊的部分消失,只剩下一片模糊。然后有声音在我耳边响起,像是远处吹来的风声,继而又传来金属的声音。

　　我的脸部肌肉轻轻抽动了一下。

　　我听见有人说:"刚才有反应了!"是个年轻男子的声音,他身边好像还有人。我纳闷,自己为什么看不到呢?过了一会儿才意识到自己一直闭着眼。指尖触到了毛毯,我似乎正睡着。慢慢地睁开眼,白光照射过来,很晃眼。我眯着眼睛等了一会儿,待适应后重新睁开。

　　眼前现出三张脸,分属于两个男人和一个女人。他们像是看到了什么可怕的东西,神情紧张。他们全穿着白大褂。这是哪儿?

　　"你能看见我们的脸吗?"三人中看起来年纪最长、头发全白的男人问我。他从眼角到额头布满皱纹,戴着一副金边眼镜。

　　我想回答"能看见",但发不出声。我竭力张开嘴,但嗓子发不出声,嘴唇僵硬得不听使唤。于是,我先用唾沫润了润喉咙,竭力去试,结果像是在无济于事地干咳。

　　"不用勉强,你可以点头或者摇头。"白发男人的声音含糊不清。

我眨了两三下眼,然后点点头。

他舒了一口气:"他能听见,看样子也能理解我们的话,而且眼睛也能看见。"

我深吸一口气,仔细清清嗓子,终于发出声音:"这……是……哪儿?"

这句话似乎更加鼓舞了他们,三人眼睛发光,相互打量。

"他提问了!老师,成功了!"尖下巴的年轻男子兴奋得满脸通红。

白发男人微微点了点头,看着我的眼睛:"这里是医院,东和大学附属医院第二病区。你明白我说的话吗?"见我微微点头,他接着说,"我是负责你手术的堂元,这两个是我的助手若生和小橘。"

听到他的介绍,尖下巴男子和那个年轻女子依次轻轻点头。

"我……为什么……在……这儿?"

"你不记得了吗?"姓堂元的人问道。

我闭上眼开始想,像是做了个长长的梦。做梦之前是什么样的呢?

"想不起来就别勉强。"堂元博士这么说的时候,我的脑子里突然出现了一个人影。是个男的,长相记不清了,手里拿着什么东西对着我大叫。不,叫的人是我。那男人的手发出红光——

"枪……"我睁开眼睛,"手……枪……"

"哦?想起来了呀。你确实是中枪了。"

"中……枪了……"我想再仔细回忆一下,但记忆像是蒙上了一层薄纱,模模糊糊,"不行……想不……起来。"

我摇摇头,又闭上了眼睛。这时,后脑勺像是被什么拽住了似的,紧接着全身的感觉倏地消失无踪。

【堂元笔记 2】

三月三十日，星期五。

受赠者苏醒，语言中枢等未见异常，但长时间的脑力活动看似困难，可能有记忆缺失。苏醒一分四十二秒后，再次进入睡眠状态。

2

我在水中。

我抱着膝盖,像体操运动员似的不停转圈,脑袋忽上忽下。四周光线昏暗,丝毫感觉不到重力,所以难分上下。水不冷不热,温度适中。我一边翻转,一边听着各种各样的声音:大地的震动声、瀑布的水声、风声,还有人的说话声。

回过神来,我在旷野上。那地方我依稀记得,是小学正南方的某处,周围全是旧仓库。

我们一共四人,都是家住附近的同年级同学,一起去捉蟋蟀。这是我第一次加入捉蟋蟀的队伍。

找来找去总找不着蟋蟀,他们说分明昨天还有很多。一个同学说,都是因为带了我来才捉不着,另外两人也附和着说,下次不带我来了。我一边弯着腰扒拉草丛,一边听他们说话,很懊恼,却没法还嘴,也没法表示愤怒。

这时,我眼前突然出现了一只黑色大蟋蟀。因为太突然,我没去捉,却大声叫了起来。蟋蟀逃进了草丛。

同学们问我怎么回事,我不想因放跑了蟋蟀而被他们怪罪,就说有奇怪的虫子。

　　一个同学看着我的脸说，你撒谎，是蟋蟀吧。我摇头坚称不是。他说，怪虫子也行，你倒是捉啊，我还捉过蜈蚣呢。

　　之后，怎么找也找不着蟋蟀。等我从高高的草丛中出来，那三个人已经不见了，只剩下我的自行车。等了许久也不见谁回来，我只好骑上车独自回家。妈妈正在家里洗衣服，问捉到蟋蟀了吗，我说，一只也没有。

　　画面从这以后就变得模糊了。自己家熟悉的影子坍塌了，我又回到水中。依然感觉不到任何力量，甚至觉得自己变成了水分子。

　　终于，身体停止了翻转，刚才静止的水开始流淌。我随着水流移动，速度惊人。放眼望去，前方有个小白点，并渐渐变大。当白茫茫一片要包围我的时候，我发现一端有什么东西，定睛一看，是桌子，旁边的椅子上坐着一个人。那人刚开始一动不动，我盯着他，他转过脸来："你醒了？"

　　一听这声音，我全身的细胞一下子活动开来，就像是镜头盖被打开，四周的情景映入眼帘。坐在椅子上的是个女人，正朝我微笑。我见过她。

　　"你……是……"我发出声音。

　　"忘啦？我是小橘，堂元教授的助手。"

　　"堂元……哦。"

　　过了好一会儿，我才想起这个名字。以我目前的状态难以区分梦境和现实，但记得自己似乎醒过一次，见过她。

　　她摁了一下桌子上的呼叫铃。"老师，病人醒了。"报告完毕，她帮我弄了弄枕头，"觉得怎么样？"

　　"不太清楚。"

　　"你像是做了什么梦吧？"

"梦？……嗯，小时候的事。"

但那能叫梦吗？那是从前发生过的事，令人吃惊的是连细节都记得鲜明无误。为什么那个至今从未想起的情景会在记忆中重现呢？

这时响起了敲门声，一个白发男人走了进来。我马上想起来了，是堂元博士。他俯身看我，问的第一句话是："还记得我吗？"我点点头说，记得你，也记得旁边的若生助手。博士放心了，轻轻舒了一口气。

"那你知道自己是谁吗？"

"我是……"我想说出名字，却张口结舌。我是谁——这本该是不用想就能回答的问题，这时却答不上来。我突然开始耳鸣，似有蝉鸣阵阵袭来。我抱紧了脑袋："我……是谁？"

"冷静点，别着急。"堂元博士按着我的双肩，"你受了重伤，做了大手术，所有记忆暂时冻结了。静下心来等待，记忆会像冰雪融化般复苏的。"

我盯着博士那金边眼镜后面略带茶色的眼眸，心不可思议地平静了下来。

"放松，放下全身的力气。"博士的声音在我耳边回响。若生助手也说："别着急，调整一下呼吸。"

但我的脑海里一片空白，什么都没有，什么都想不起来。我闭上眼，反复深呼吸。

模糊中，脑子里浮现出什么，像是一些变形虫般的东西，在慢慢漂浮。

棒球服，像是孩子穿的，尺码很小。脑子里浮现出穿着棒球服的少年，是家住附近的同学。我们一块儿去捉蟋蟀，那个同学张大嘴在说着什么。

"纯……"我自言自语。

"什么？"

"阿纯，他这么叫我。"

博士向我探过身来："没错，你是叫阿纯。"

"纯……纯金的纯……第一的一。"

随着这个名字，我的脑子里浮现出相关的许多事情：旧公寓，旧书桌，还有过去的时光。高个子姑娘，长着雀斑的脸，她叫……阿惠。

我开始头疼，皱起眉头，两手摁着太阳穴。手碰到了绷带。我怎么绑着绷带？

"你头部受伤了。"像是觉察到了我的心理，橘助手说。我看着她，似乎觉得在哪儿见过。她算不上美女，却像是哪个叫不上名字的外国演员。

"头部……然后……我得救了？"

"多亏最新医学，还有幸运之神救了你。"若生助手说。他看上去与其说像个医生，不如说像个银行家。

我在毛毯里试着动了动手指和脚趾，都还在，看来四肢尚全。我从毛毯里伸出右手，看了一会儿，用手摸了摸脸，并没有重伤，似乎受伤的只是脑袋。

我想起身，全身重得像灌了铅。我勉力试了一下，随即放弃了。

"现在最好不要勉强。"堂元博士说，"你的体力消耗过大，昏睡了三个星期。"

"三个……星期……"我不能想象自己处于何种状态。

"好好休息。"博士隔着毛毯敲了敲我的腹部，"耐心等待恢复吧，不用着急。你有足够的时间，很多人在期待你的康复。"

"很多……人？"

"没错，可以说是全世界的人。"博士言毕，旁边两位都使劲点头。

3

此后,我重复着睡眠和苏醒,周期比正常时要短得多。博士说,这样我的头脑会一点点慢慢恢复——似乎是在证明这一点,每当我醒来,记忆就像潮水一样复苏。

我叫成濑纯一,在工业机械厂的服务部上班,主要的工作是处理客户投诉、修理损坏的机器。我穿浅蓝色制服,那制服被机油染得接近灰色。在单位我的外号是"老实蛋",老员工说这是因为无论上司说什么,我都点头称是。

周末我就摊开画布,画画是我的乐趣之一。去年年底,我买了一套崭新的油画画具。

我住在狭窄的单身公寓。说是公寓,其实只是个廉价的住处,每次做饭都得套上一只拖鞋,一只脚里一只脚外地才能进厨房。

公寓——那条件恶劣的公寓,正是令我陷入这场悲剧的罪魁祸首。我想找套条件好一些的房子,去了附近的地产中介公司,就是在那儿被枪击中了脑袋。

那是在下午五点左右。我选择那家店没什么特别的理由,只是从外面看,店员似乎态度不错。若看到哪家店里坐着个严肃的男人,我可不会进去。

柜台边有个年轻女顾客正在和店员说话，里头有五个员工坐在桌前干活儿，三男两女。

房间左边有一套豪华沙发，一位身着质地优良的白色毛线外套的女士，正和店长模样的年长职员坐在那里，边喝茶边谈笑风生。她到这儿要谈的事大概跟我们的属于完全不同的层次。

我前面的年轻女顾客拢了拢长发，似乎没找到满意的房子，满脸不悦地离开了柜台。一个瘦长脸的男职员说："有了合适的房源再跟您联系。"她回头略一颔首，走了出去。

"藤田，到时间了，能关一下大门吗？"瘦长脸在招呼我之前对同事说。一个戴圆眼镜的女职员应声站起。这家店像是五点关门。她向门口走去。

瘦长脸带着职业性的笑容对我说："让您久等了。"

我靠近柜台："我想找房子。"

"什么样的呢？"

"普通的就行，有个厨房……"

"一居室？"他有点着急地问，"是要租吧？"

"对。"

"哪一带的房子呢？"

"大概就这附近……离车站稍微远点的也行。"

我还没说完，他便从旁边拿过厚厚的文件夹，里面有许多房源资料。

"房租的上限是多少呢？"他边翻资料边问。

我想说一个比现在的房租略高的数目，但瞥了一眼资料就把话咽了回去——上面的金额比我想的高出许多。

"您的预算？"见我没回答，店员有点不耐烦地问。我不禁说了个大大超出预算的数目。店员脸色温和下来，又翻起了资料。

说什么呢——我暗骂自己。找套付不起租金的房子怎么办？得赶紧改口，但我没有勇气，那肯定更要遭白眼。

我开始考虑该如何回绝他推荐的房子，只能找个借口推掉了。我究竟到这儿干吗来了？

过了一会儿，店员像是找到了合适的房源，把文件夹朝我递过来。我装出有兴趣的样子探过身去。

就在这时，他来了。

我没注意到他是什么时候进来的，也许那个年轻女子前脚刚走，他后脚就进来了，也许就抢在戴圆眼镜的女店员关门之前。

他像是想听听我和店员的对话，站在我们身旁。年纪看不大出来，大概和我差不多，或者稍大一些。他穿米色风衣，戴深色太阳镜。

店员想对他说"您稍等"，刚要开口，他已开始行动。他从风衣口袋里慢慢伸出右手，手里握着个黑色家伙。

"别乱动，按我说的做。"他的声音毫无起伏，但非常洪亮。

店里所有的人顿时目瞪口呆，大家刹那间都不明白他拿着什么，又说了什么。当然，我也是。但由于一开始就注意到了他的行动，我很快反应过来他拿的是什么。

有个女店员正拿着话筒。他把枪口朝向她："挂掉电话，要自然地和对方说。"女店员结结巴巴地说了几句，挂了电话。

"放下百叶窗。"他命令窗边的男店员。店员三下并作两下，慌慌张张地放下窗帘。大门的帘子已经拉上了。

他看着我："你是顾客？"

我看着他的手点点头，出不了声。这是我第一次看到真正的手枪，乌黑锃亮的枪身说明了一切。

他瞥了一眼柜台上放着的文件夹，脸抽动了一下："太奢侈！一个人住一间四叠半的就够了。"

劳您费心——我要是再有点胆量就这么回话了,但我的嘴像是被糊住了似的动弹不得,战战兢兢地看着他的眼睛。在太阳镜后面,他的眼睛像死鱼眼一样了无神采。

"慢慢往后退。"

我照做了。不用说,我已经两腿发直,只能慢慢走。我退到了沙发那儿,坐在沙发上的贵妇和年长的胖职员面无血色。

他的视线移向胖男人:"你是店长?"

胖男人晃着下巴上的赘肉点点头。

"命令你手下,把钱都放进这个包。"他把放在脚边的旅行包拿到柜台上。

"这里没有现金。"店长声音颤抖。

他走近两三步,持枪对着店长:"你和老板明天要去收购旅游区的地皮,拿两亿元给地头蛇看,这笔钱就在这儿的保险柜里。我说的是,把它拿出来。"

"你怎么知道……"

"废话!明白了就照办,别磨蹭!把我惹急了小心挨枪子儿!"

被枪顶着的店长在咽唾沫。"明白了……佐藤,你照他说的办!"

听到店长吩咐,窗边的男店员站了起来。

佐藤把保险柜里的钱往包里装时,大家都被勒令双手抱头站着。他靠墙站着,警惕地盯着每个人的一举一动。

我想通风报信,但一筹莫展。跟银行不同,这儿大概没有直通警察局的报警器——只能考虑在他出去后怎样尽快报警。估计他会切断电话再走。

正这么想着,视线一角有什么东西在动。我转动眼珠看过去,心不禁怦怦急跳起来。

沙发靠背和墙壁之间藏着个三四岁的小女孩,可能是白毛衣女顾客的女儿。母亲被迫双手抱头,紧闭双眼,惊恐之下失魂落魄,没注意到身边不见了女儿。

小女孩从沙发背后伸出胳膊,想打开窗子。窗子没上锁。

我心里大叫"危险"的刹那,他瞥见了小女孩。女孩已打开窗子,正想爬出去。

他二话没说,把枪口转了过去,眼皮眨都没眨。我从这空洞的眼神中感觉到他真要开枪。

危险!——我一边叫一边去拉小女孩。我听见了谁的惨叫,同时还有什么声音。刹那间,我被一股巨大的力量击飞,全身热得像着了火。

随后,意识消失了。

4

照堂元博士的指示，我将进行长期疗养。给我的单间比公寓房间还大，照顾我的主要是橘小姐——那个像演员的女子。对她，还有堂元博士和若生助手，刚开始我并不知道他们是谁，总不能轻松对话，突然被问到什么，会一时语塞。过去朋友总说，阿纯是慢性子。随着记忆的恢复，这老毛病也跟着出来了，真讽刺。尽管如此，几次交谈之后，我跟他们也能轻松对话了。

我的身体恢复得比想象的还顺利，从昏睡中醒来五天后，能从床上起身了，又过了三天，已经能吃普通的食物——这真让人高兴，因为此前吃的都是内容不明的流食，那味道简直让我想诅咒自己的舌头。但比起昏睡中人们用导管给我提供营养，也许光是能用嘴进食就算是幸福了。

至于记忆，眼下似乎也没问题，朋友的电话号码我全都记得，但我还是担心会有后遗症。

房间内有卫生间，我几乎整天足不出户，只是在做脑波检测、CT的时候才出门。我第一次来到走廊时，仔细观察了周围情形，发现这儿跟以前见过的医院在各方面都大不相同。除了我住的这间，再没有看起来像病房的房间，只有手术室、实验室、解剖室，没有其他门，并且这三扇门紧闭着。我看见自己住的房间门牌上写着"特别病房"。我不知道特别在哪里。

还有，这儿没有任何多余的东西。看看四周，什么都没有。没有椅子，没有暖气片，墙上一张纸也没贴。最奇怪的是，在这儿除了堂元博士及其两名助手，我没见过任何人。

"这儿和一般医疗机构不同。"做完脑波检测回病房时，橘助手边推轮椅边说，"给你做的手术可以说是划时代的，这一层是专门做研究用的。"

"医院的研究所？"

"算是吧，配备最新设备哦。"她似乎对能在这儿工作很自豪。我无论如何不能相信，自己会是规格如此之高的研究对象。

第十天早饭后，我老实对橘小姐说出了自己的三个疑惑。

第一，袭击我的那人后来怎样了？

"我也不太清楚，报纸上说他死了。"她边收拾碗筷边说。

"死了……怎么死的？"

"开枪打了你之后，他四处逃窜，但四处被追，走投无路，自杀了。"

"自杀……"我想起了那人毫无表情的脸。临死时，他的脸会因恐惧而扭曲，还是依然面无表情？"那个……橘小姐，"我小心翼翼地说，"能让我看看报纸吗？我想亲眼看看那件事是如何了结的。"

橘小姐两手端着餐盘摇头："我理解你的心情，不过还是等出院后吧，现在给你看的文字必须经过堂元老师检查。"

"光看看标题就行。"

"是为你好呀。"橘小姐严肃地说，"大脑这东西比你想象的要脆弱。再说，只是过几天嘛。"

我不好再说什么。

令我不解的第二个问题是治疗费。看来我做的是个非同小可的大手术，之后又是特殊待遇的看护，看起来一时半会儿还出不了院。所有这些我不知道要花多少钱，但可想而知是个天文数字。

"嗯，大概会是一大笔钱。"橘小姐淡淡地说。

果然。我已有了心理准备，最近根本没去想这一大笔费用，捡了一条命已经没什么可抱怨了。

"这些治疗费用可以分期支付吗？"我一边问一边在脑子里飞速计算每个月最多能付多少。搬家肯定没指望了。

橘小姐听了莞尔一笑："不用担心哦。"

"啊？"我睁大了双眼。

"这次的治疗费不用你掏。详情现在还不能说。"她用食指抵着嘴唇，"首先，这次手术的相关费用全部从大学研究所预算中支出，因为手术还没成熟，还在研究阶段，理应如此，检查费用也一样。你要负担的是住院费、伙食费和杂费，不过，这些也有人替你支付。"

"替我？"我不禁提高声音，"究竟是谁？"

"很遗憾，现在还不能说。现在就让你知道的话对你不好。"

"……真不敢相信，像是做梦。不会是长腿叔叔[①]吧？"我摇着头自言自语。我想不出谁会这么帮我，亲近的人像约好了似的全都生活俭朴。"总有一天会告诉我吧？"

"嗯，总有一天。"她回答。

不管怎样，不用担心治疗费了，谢天谢地。

我转向第三个问题——我不在的这段日子，周围怎样了？比如单位，我无故休长假可能给厂里添了不少麻烦。

"这个也不用担心。"橘小姐说，"跟工厂联系过了，出院之前可以

[①] 美国女作家韦伯斯特的同名小说中，孤女茱蒂得到一位不知名的好心人资助。茱蒂在不经意间曾瞥见那人被车灯拉长的身影，便称其"长腿叔叔"。

随时延长休假,虽说不能带薪。"

"真是帮大忙了,我还担心要丢饭碗呢。"

"怎么会呢!你遭这一劫是因为去救小姑娘,工厂为你骄傲呢。还有,你平时的工作态度好像也是有目共睹的呀。"

"哦?"

"你不是一向工作认真吗?"

我苦笑着挠挠头。上司大概对我很满意。

"老员工说我认真,其实是说我胆小,被上司驯得服服帖帖。"

"哎呀,说得真过分。"

"可能确实如此。上司说的不一定都对,可我没勇气提自己的想法,老实说也怕挨训斥。这就是懦弱吧,我很胆小的。"

阿纯很胆小——这是母亲的口头禅。

"认真工作不是坏事呀,况且,真正懦弱的人不会拼了命去救小姑娘。你自信一些,工厂不也是因为肯定你的为人,才给你特别关照的吗?"

我点点头。很久没被人夸奖了。

"对了,探视问题怎样了?"

我一问,她的脸色又沉了下来:"还不允许,还有许多问题没解决呢。"

"只见一小会儿也不行?我就是想让大家看看我挺好的。"

"抱歉,还不行。你自己可能没意识到,现在这个阶段对你非常关键。要是你受到点什么刺激,也许我们就无法正确分析了——这在某种意义上来说非常危险。"见我沉默,她接着说,"谢绝探视还有一个目的,具体情况现在还不能说。全世界都在关注你现在的状态,如果现在允许探视,大概媒体会蜂拥而至,那就没法治疗了。"

"媒体蜂拥而至?"我迎上她的视线,"有那么夸张吗?不就是被强盗打中脑袋吗？当然，对我来说这是件大事，但不会是大众喜欢的新闻吧，更别说举世瞩目了。"

她边听边摇头："你不知道，你能这样活着、这样和我们说话意味着什么。有一天你会明白一切的。"

"有一天？"

"再忍耐一下。"她温柔得像是在和孩子说话。

我只有叹气。"那我只提一个要求。能给我拍照，把照片寄给朋友吗？可以的话我想附上短信。"

她右手撑着脸颊，左手抱着右胳膊肘想了一会儿，歪着脑袋点点头。"照片大概没问题，但得让我们确认一下你朋友的身份。至于写信，我得去问问堂元老师。"

"我静候佳音。"

"期望值别太高哦。现在你的身体……不，你的脑子，已经不光是你自己的了。"

5

　　橘小姐说举世瞩目,但我不会单纯到全信她的话。二十年前我就知道自己没有这种运气。我怕站在人前。作为芸芸众生中的一员平凡度日更符合我的天性。

　　阿纯很胆小——这话父母不知对我说过多少回,特别是父亲,对我一直恨铁不成钢。父亲年轻时出来闯荡,好不容易开了家小小的设计事务所,大概正因如此,他才要求儿子也像他一样有活力。每当我被邻居孩子欺负跑回家,他都会厉声叱喝。

　　记不清是什么时候了,有一次父亲非要让我去爬家附近的大树。我不会爬树,但怕挨训还是奋力爬了上去。往下爬到一根粗树枝时,父亲说:"你从那儿跳下来。"我怎么也不敢跳,趴在树枝上直哭。父亲张开双臂说:"我会接住你的,快跳!"我还是只顾哭泣。这时母亲跑过来说:"干吗让孩子做这么危险的事,你不知道他根本做不了吗?"父亲仍然沉默着张开双臂,过了好一会儿,才垂下手,转身回家。我像往常一样,边哭边想父亲为什么要这么做。

　　上了高中,我开始在家画画,父亲的脸色更难看了,说年轻男人在外头有更多该干的事,甚至说,干一两件坏事也没什么大不了——

一般父母不会这么跟孩子说。

每当这时，母亲总说"不行的，阿纯很胆小……"，还要加上"认真善良是这孩子的优点"。父亲便越发不高兴了。

父亲去世时我上高三。蛛网膜下腔出血。医生说他干活儿太拼命了，大概是所谓的过劳死。父亲确实很勤奋。我本想进美术学院，这时不得不改变计划。父亲留下了一点遗产，母亲说她可以出去工作养活我，但我不能那么没出息。

可以上学，还有工资拿——被这样好的条件吸引，我参加了现在所在工厂的系统职业学校入学考试。除了画画，我对机械也感兴趣。

学校的学制和大学一样是四年。至此还算一切顺利。然而，母亲心脏病发作让我手足无措。一天，我从学校回家，发现她倒在厨房。我知道，以后没人能保护自己了。我默默哭了好几天。

"别为难自己，活得像你自己就行了。"母亲生前常这么说。她了解我。我也像母亲说的那样活着，平凡，默默无闻，这样比较适合我。

一天夜里，堂元博士带着若生助手走进房间。和以往的巡查不同，博士腋下夹着个大大的文件夹。我有些紧张。

"今天怎么样？"

"还行。"

"嗯。"博士点点头，在床边放了把椅子坐下，"今天给你做个测试，目的是确认一下脑功能恢复了多少。"

"我觉得恢复了很多。"

"嗯，听了小橘的报告，我知道你的健康状况不错。但是，脑的损伤会以完全想象不到的形式表现出来，我们得加倍小心。"博士打开膝盖上的文件夹，"先问问你的名字吧，然后是年龄和住址。你大概会说，这不是明摆着的事吗，但是否记得自己事关重要。"

"我不会那么说的。我叫成濑纯一，二十四岁，住在……"我流利地回答。

博士又问了家庭和经历。我说起父母时，站在博士后面的橘小姐垂下了眼帘。她是个善良的女子。

"你说你曾经想当画家？"

"对，现在我也喜欢画画。"

"哦，现在也是？"博士似乎对此很感兴趣。

"周末时基本上我都在画画。"

现在我的房间里大概还摊着刚开始画的画布呢。

"你都画些什么呢？"

"什么都画，最近主要在画人像。"

模特儿总是同一个。

"嗯。"博士稍稍直了直腰，舔舔嘴唇，"现在呢，还想画画吗？"

"想。"我不假思索地回答。

接着，他又问了几个问题，最后让我接受了智力测试的笔试，测的是计算能力和记忆力。我觉得自己的智力和遭遇事故前似乎没什么差别。

"辛苦了，今天就到这儿吧。"博士把我的答案夹进文件夹，站了起来，然后又像想起了什么似的俯视着我，"小橘跟我说了你想给朋友寄信的事，批准了。"

"多谢。"我在床上点头致谢。

"你的朋友叫……"博士从白大褂口袋里拿出一张小纸片，"叶村惠——是个女孩子。"

"是。"我觉得脸上一阵发烧。

"怪不得。其实，自从你被带到这儿，好像有个女孩子每天早上都跑到问讯处询问，没准就是她。"

"大概是。"

"我把丑话说在前头,"博士看我的眼神比以往要严肃,"现阶段我们必须保存所有关于你行动的材料,所以你写的信也得用复印件寄给对方。"

"让我公开信件?"我吃了一惊,提高了音量。

"不会公开。"博士肯定地说,"只是作为我们的资料暂且保存,不会给任何人看,不需要时会当着你的面销毁。"

我目瞪口呆地依次看看博士和两个助手的脸,他们都丝毫没有改变想法的意思。

"真没办法。"我耸耸肩,"能把信的原件寄给她吗?寄复印件实在是……"

堂元和若生互相看了看,终于冲我点点头:"行,我们也让一步。"

他们俩走了出去。过了一会儿,若生独自回来,手里拿着拍立得相机,像是要用它给我照相。

"难得照个相。"他把电动剃须刀借给我。我不胜感谢。要是胡子拉碴的,做什么事我都会无法集中精神。

剃完胡子,若生帮我随意拍了几张,让我从中选出满意的。哪张都差不多。看着照片上的自己不太像病人,我放下心来。

"是女朋友吧?"离开前他问道。

他问得再自然不过了,我也若无其事地回答:"啊,没错。"

过了一会儿,橘小姐拿来明信片和签字笔,说今晚写好了放在枕边,下次阿惠来的时候就能替我交给她。

确信她的脚步声远去后,我伸手拿过卡片和笔。只要能和阿惠联系上就好。阿惠一定很担心我,收到我的信也许会像孩子一样雀跃——想到她的样子我就怦然心动。

第一次见到叶村惠是在两年前,她碰巧去了我经常光顾的画具店做店员。她不是美女，但身上有一种令周围空气变得温暖的气质。我有种冲动，想抛开店员和顾客的关系和她说话，但我从没和女孩子交往过，连约她去咖啡馆都开不了口。我能做的只是尽可能长时间地黏在店里，买上许多零碎东西——买得越多，在收银台前面对她的时间就越长。

先开口的是她，问我在画什么。我兴奋不已，急忙说起了当时刚开始画的花卉。我不知道自己有没有把画的意境描绘出来，她听后说很想看看那幅画。

"那我下次把它带来？"对我来说，这话是下了很大决心才说出口的。

"真的？好期待呀。"阿惠把双手合在胸前。

那天回到家，我衬衫的腋下部分已汗湿了一片。能跟她亲近让我喜出望外。

第二天，我拿着画兴冲冲地来到画具店。推开玻璃门前的刹那，我注意到店里的情形——阿惠正和一个学生模样的年轻男子说话，那表情不是店员对顾客的那种，比前一天面对我时还要亲热。

我没有进去，径直回了家，把画扔在一边倒头便睡。我厌恶自己的愚蠢——她并没有对我特别亲热，而是对谁都如此，要是我果真拿着画去，就算她嘴上不说，心里肯定会为难。

以前也有过同样的经历，别人对我稍稍亲热一点，我就头脑发昏，产生对方对自己有意的错觉。每当意识到那不过是好感或是社交辞令，我就会厌恶自己，觉得受到伤害。

我此后很久都没去那家店，不知为什么，我害怕碰见阿惠。

后来再碰见她，不是在店里而是在公交车上。我一眼就注意到她了，心想她不一定记得自己，就没有打招呼，结果她拨开人群走了过来。

"最近都没见到您呀，很忙吗？"阿惠问。

我呢，光是见她还记得自己，脑子就一片空白了。"啊，不……"我语无伦次。

她接着说："花儿还没画好吗？"

啊！我在心里叫了一声。

"上次您不是说要带来的吗？我一直等着呢。您没来，我想大概是还没完成……"

我盯着她的眼睛，想，果然是个好女孩，她并不是随随便便那么说的。我为自己不相信她的好意而感到羞愧。

听我说画已经完成，她像是想马上看看。我一咬牙，说请她到家里来看，她很高兴："哇，可以吗？"

简直像做梦一样，叶村惠到家里来看我的画，而且赞不绝口。我很想紧紧拥抱她，但这根本不可能。我坐在离她最远的位置上看着她，满足得像得到了举世无双的艺术品。

此后，我每画完一幅，都会拿给阿惠看。没什么得意之作，但见她仔细观察并点评，我非常开心。

"你可真喜欢画花儿和动物。"有一回阿惠说。我给她看的全是这些。我说自己其实想画人像。

"画人？"

"对。但没有模特儿。"我充满期待地看着她。

想必她明白了我在希望什么。她皱着有雀斑的鼻子，笑着问："不漂亮也行吗？"

"不漂亮更好。"

听我这么说，她咬着下唇，温柔地白我一眼："你这么说，我很难当候选哦。"

从第二天开始，她下了班就来我这儿，给我当模特儿。虽说画画是目的，和她共度的二人时光对我来说更加珍贵。我们相互敞开心扉。

她说自己是离开父母独自来东京的，以前梦想做设计师，发现没有天赋就放弃了，但又不想靠父母活着，就这样打工养活自己。

"这么年轻，就放弃了设计师梦呀。"

听我这么说，阿惠笑得落寞。"年纪轻轻却完全没有崭新的创意，所以就放弃了。"

"设计师也不是全靠新创意吧？"

"没关系，不用安慰我。我老早就明白了，自己无论哪方面都在平均分之下。不引人注目，也没有特别的可取之处。"

"你引我注目，和你说话很开心。"我想说说她的优点，但意识到自己的话带有某种意义的表白，不禁脸红了。

她也有点害羞地说："谢谢，我喜欢你的善良。"

我的脸更红了。

我尽力在画布上再现自己眼中的她的魅力。如何真实优美地描绘那象征着她魅力的雀斑，显得尤其困难。

她的条件是不画裸体，我一直奉行。距第一次来我家大约过了一个月，也就是在我表白之后，她第一次在我面前脱下了内衣。我连接吻的经验都没有，更别说性了，但我觉得，如果是和她，无论什么我都能做好。我们在满是画具的房间里相爱。

我的脑子里浮现出阿惠的身体。长长的腿是她的骄傲。

我回过神来，两腿之间已开始充血。还没接受博士关于性能力的测试，看来已经没必要了。我拿起签名笔，想了想，在明信片上写下第一行字："前略，我很好。"

【堂元笔记 3】

四月十一日，星期三。

进行智力测试和心理测试。智力属优秀类，今后还需时日观察，目前没问题。心理测试结果亦良好，但尚有几处异常无法解释，仍需进行测试。

另，他写了第一人称记叙文，内容是给女友的近况报告。文章简洁明了，信息量丰富，内容连贯，文体通顺，无误字漏字，写作能力可评为良好。

我们用拍立得相机给他拍照，任其从六张照片中选择，他选了从左侧前方拍的一张。这可以作为心理分析材料。

6

  恢复意识后的第三周，一天夜里，我从梦中惊醒。是个噩梦，我梦见被那个死鱼眼男人打穿额头。自关于那件事的记忆恢复以来，这是第三次。

  前两次，醒来后我不知道自己在哪里，下意识地觉得身处异地，但不知道到底是哪儿，要花点时间才能想起自己为什么在这种地方。

  这次的症状更严重。一瞬间我不知道自己是谁。我抱着脑袋，把脸埋进枕头，脑子里只有不可名状的记忆碎片，然后慢慢连成片。

  不一会儿记忆复苏了，我想起了有关自己的事，同时还有种奇妙的感觉——自己的感性已经和昨天之前迥然不同。

  我直起上半身，后背已满是汗水，睡衣冰凉。我下床从墙角摞着的纸箱里拿出换洗衣服——橘小姐告诉过我，内衣放在那儿。

  换过衣服，身体的不适感消失了，但情绪并没好转。胸口闷得像是心脏被盖上了一层黏土。奇怪的是似乎全身的细胞都在躁动，我坐立不安。究竟怎么回事，自己也不明白。

  我觉得口渴，却没想伸手去拿枕边的水壶。我突然想喝罐装咖啡——这现象太奇怪了，我以前不太喝罐装咖啡，也不怎么喜欢，现在却非常想喝。

我掏了掏挂在衣架上的裤子的口袋。还跟去房屋中介公司那天一样，口袋里放着黑色钱包。

走近房门，我不经意地看了看洗脸台上方的镜子，猛然一怔。镜中人素不相识。我不禁后退几步，镜中人也同时后退。我动动手，他也同样动动手。我摸摸脸，他也用反方向的手摸摸脸。

我走近镜子端详镜中的男人。原以为是不认识的人，看着看着才明白竟是自己。没错，这就是我的脸，有什么好怕的呢？为什么确认自己的样子要花这么长时间？

我定定神，拿上零钱，悄悄打开房门看看外面。只有夜灯发出微弱的光，走廊昏暗，看样子没人守着。我飞快地溜出了房间。

我知道这一层没有卖饮料的自动售货机，什么都没有。我决定下楼看看。

有电梯，但显示停止运行。楼梯在旁边。

我刚走下几步，就不得不站住了。楼梯出口被卷帘门挡住了。看看四周，没发现门的开关。

我冲上楼梯，朝走廊另一头跑去。我知道那儿有应急通道。我拉了拉门把手，门纹丝不动，看看上面，已上了锁。

真不像话！我踢了踢门。这要是着火了该怎么逃生？

我再一次回到楼梯口，往上走去。幸好，这儿没关卷帘门。

这是我第一次来到其他楼层，这层的走廊上也空无一物。罐装咖啡算是没指望了，我往前走去。

最前面的两间是私人房间，可能博士和助手们在这里过夜。我知道他们这段时间基本没回家。

我看见对面房间的门开着一条缝，便靠过去，深吸一口气走了进去。我在墙上摸索着找到开关，打开灯，被一片炫目的白光包围。

房间中央有一张大台子，上面摆着各种各样的仪器。沿墙放着药品架和橱柜。有个看上去像餐具柜的东西，里面放的不是酒杯茶杯，而是烧杯烧瓶之类的器皿。

我低呼一声——有冰箱。是个五个门的大家伙，压缩机发出的轻微声音说明冰箱通着电。就算没有罐装咖啡，总会有果汁什么的，也许还会有啤酒。若生他们也许意外地能喝酒呢。

我咽了口唾沫，抑制住兴奋打开一扇冰箱门。摆成一排的小罐映入眼中，我不禁喜笑颜开，但马上发现不对，罐装咖啡的贴条上不可能写着化学方程式。打开其他门也一样，里面全是试管和药瓶，封装着不明液体。

最后，我打开了最边上的门，上下搁着两个有手提保险箱那么大、装满灰色液体的玻璃容器，仔细一看，里面浮着大块的肉片状物体。我瞪大了眼睛。等我醒悟过来那是什么时，一阵强烈的呕吐感袭了过来。

是脑，泛白，像是残破的橡皮球，那独特的形状无疑是人脑。

玻璃箱上贴着纸条。我抑制住胃里的翻滚看了过去，上面写着"捐赠者 No.2"。

我再看另一个玻璃箱，也一样，不过里面浮着的肉片要小得多，贴条上写着"受赠者 JN"。

JN？

刚想着究竟是什么，脑子里同时浮现出自己名字的缩写。刹那间，我胸中的积块急剧上升，这次我没能忍住，吐了一地。

我关上冰箱门，飞奔出去，跑下楼梯，穿过走廊，回到被称为"特别病房"的自己的房间。我蜷在床上，但无论如何无法入睡。直到早晨，我都在想自己和自己的脑。成瀬纯一，JUNICHI NARUSE……JN。

那肉片是我的脑吗？

如果我的脑在那个玻璃箱里，那么现在在我脑袋里的，究竟又是谁的？

7

第二天一早，橘小姐来了，说堂元博士叫我。

"像是有重要的话哟。"她的笑容意味深长。

来到走廊，她什么都没说就往前走，我无奈地跟着。她在解剖室前停下脚步，敲敲门，听见博士说"进来"。

我是第一次进解剖室，这儿不是检查、治疗的地方，而是用来处理通过各种方式得到的数据。屋子里七成的空间被电脑和相关机器占据，剩下三成摆着书桌和架子。堂元博士正在里头的桌前写着什么。

"马上就完，坐在那张椅子上等我一会儿。"博士边写边说。

我看看四周，打开靠在墙边的折叠椅坐下。

"老师，我呢？"橘小姐问。

"哦，你先出去。"

我环顾室内，想着是否能发现点什么跟自己有关的东西，但只看到罗列着含意不明的数字的纸片贴在墙上，没有任何线索。

等了近十分钟，他自言自语："好了，弄完了。"他边说边把刚写好的材料装进一个大牛皮纸信封，仔细封上口，然后看着我微微一笑："这是给美国朋友寄的资料。一个信得过的人，我的好顾问。"

"是关于我的资料?"

"当然是。"他转过转椅,朝着我,"你再过来一点。"

我两手端起折叠椅,将椅子贴着屁股,挪到他跟前。

"来,"他搓搓手,"先问问你的目的吧,深更半夜你想找什么呢?"

我盯着他的脸,靠向椅背。

"您还是知道了。"

"低温保存库前留下了你的痕迹。"

是呕吐物。

"很抱歉弄脏了地板。"

"这个你跟小橘道歉好了,是她打扫的。"

"我会的。"我点点头,往椅子后部坐了坐,"出房间是因为口渴,想喝罐装咖啡,就出去找自动售货机。"

"罐装咖啡?"他一脸惊讶。

"是的,就昨晚,不知为什么很想喝……"

"唔,"他交叉着手指,"可这儿没有吧?"

"没有。别说自动售货机,什么都没有……连出口都没有。"

"出口?"

"对,电梯停运,楼梯挡上了卷帘门,应急通道上了锁。我一点也不明白究竟为什么会这样。"我稍稍加强了语气。

他似乎略显为难地瘪了瘪嘴,但只是一瞬,马上又恢复了沉稳的表情,安抚似的说:"关于这点,必须慢慢对你说明。得从头按顺序说,可这开头的说明实在困难。过些日子必须告诉你,但什么时候说是个问题。"

"已经没关系了。"我说,"告诉我一切吧,从头开始,全部。我受了什么伤、是什么样的情形,然后……"我咽了几口唾沫,"我的脑子……怎么了,全都告诉我。"

"嗯，"他垂下视线，双手交叉又放开，然后重新看向我，"你打开保存库看了？"

"看了。"我回答，"还看了贴着缩写字母 JN 的箱子。"

"我跟他说过不要贴缩写字母。"他咂咂舌头，"写上受赠者就够了，因为全世界就你一个，可若生在这方面出奇地死认真。"

"捐赠者是什么意思？"我问，"请说明一下。"

他停顿了大约两秒，然后竖起食指，接着拿起桌上胡乱堆放的报纸递给我："你先看看这个。"

我接过报纸，打开体育版——这是我的习惯。好久没看铅字了，有些晃眼。看到自己支持的职业棒球队输了，我瘪瘪嘴。

他说："不是体育版，看头版。"

我合上报纸看头版，最先看到的是角落里关于股市不稳的一篇小报道。然后我慢慢移动视线，去看中间的大幅照片。那是三个男人开记者招待会的照片，居中的正是堂元博士。照片上面有个大标题——"脑移植手术顺利完成"。

我反刍似的反复看标题，一边思考"移植"一词的意思一边抬头问："脑移植？"

"没错。"他慢慢点点头，"你看看报道。"

我的目光回到报纸。

"东和大学医学部脑神经外科堂元教授等人于九日晚开始的世界首例成人脑移植手术经过大约二十四小时后，于十日晚十点二十五分顺利完成。医生们称，患者 A（二十四岁）仍处于昏迷状态，但两三日之后脑功能即有望开始恢复……"

身体里的血液仿佛开始逆流，我全身发热，心跳加速，耳后的血管跳动不已。

"A 就是我？"

他眨了眨眼，替代点头。

"移植……我的脑袋里移植了谁的脑吗？"

"是的。"

"难以置信，"我感叹，"脑居然能移植。"

"不要把脑看成特殊的东西，它和心脏、肝脏一样，经过漫长的年月从单细胞进化而来。基督徒会说，一切都是上帝创造的。"

"可……脑是特殊的。"

"拿机器打比方的话就是电脑，出故障的部分可以修理，有时还可以更换零件。你不是机械修理专家吗？不能因为心脏部分受损就简单放弃——不，说心脏部分容易混淆，应该叫中枢部分。"

"我还以为是科幻小说里的故事。"

"最近的科幻小说更先进了，再说脑移植不是什么新鲜事。一九一七年一个名叫丹的学者已经尝试写过报告。一九七六年有明确记载，把刚出生的黑鼠的一部分脑移植给成年黑鼠得以存活。之后脑移植技术以各种方式发展进步，一九八二年五月，在瑞典实施了以治疗帕金森氏综合征为目的的人脑移植。"

"这么早？！"我毫不掩饰惊讶。

"还只是低水平的阶段，不是把他人的一部分脑移植到患者脑里，只是把本人副肾的一部分移植到脑部的尾状核。没有明显疗效，但患者没出现异常情况，症状稍有好转。此后，作为阿尔茨海默病[①]和老化现象的治疗法，脑移植研究开始形成气候。就在最近，有过在发生学习障碍的患者前额叶部分尝试移植的成功例子，这证明一九八四年黑鼠试验确认的技术在人身上也能应用。"

"但这儿，"我指指报纸，"写着世界首例。"

[①] Alzheimer disease，大致与老年性痴呆症相同，特征为原因不明的脑萎缩。

"要说成人脑移植的话没错。"他说着拿过桌上的文件夹并打开，"之前的脑移植用的是胎儿脑片，因为学界认为如果神经细胞失去分裂能力，神经系统就无法正常连接。这种看法没错，但根据此后的种种研究，提出了成人脑移植在理论上可行的观点——这是个喜讯，在现实中，不得不进行成人脑移植的情况不在少数。"

"我就是其中一个？"

"没错，"他点头，"有必要说明一下你被送到这儿时的状况。子弹打入你的头部右后方，从右前方出来，也就是说，打穿了。"

我使劲咽了口唾沫。他却一副习以为常的表情："老实说，当时我认为治愈是没希望了。我们推测，就算你捡回一条命，意识大概也无法恢复了，但指挥内脏器官的部分没有受损。通俗地说，我们估计你会成为植物人。"

"真惨！"

"如果你是我，在当时的情况下，会有同样的感受。然而，在检查了你的头部之后，我意识到如果奇迹发生，你有可能得救。所谓奇迹，就是手边有适合你的脑。我确信，你属于做了脑移植能得救的类型。"

"是指我伤得还不算太严重？"

"胡说！"他瞪起眼睛，"你的伤怎么看都是重伤，不过受损的正好是动物试验阶段证明能成功移植的部分。"

动物试验阶段，那就意味着还没在人身上试过。"至今还没有我这种状况的患者？"

"不计其数。"

"可至今还没有过移植？为什么？"

"条件不齐备。"博士表情阴郁，"目前致力于脑移植研究的国家，只要有机会就跃跃欲试，但是不具备条件，所以至今没能实现。"

"条件是什么？"

"捐赠者,也就是脑提供者的问题。得到适时、新鲜的脑很难,就算有,还有配型的问题。"

"配型是指血型什么的?"

"那只是一方面。跟其他项目相比,那只是低级别的问题。"他把右臂往前伸,"得从神经细胞开始说起。人的脑神经细胞有很多类型,也可以说是个性。可以断言,世界上没有神经细胞完全相同的两个人。考虑移植可能性的时候,我们的观点是,只要二十六个项目吻合就算合格,也不会有排斥反应。符合这个条件的,十万人中有一个。"

"十万分之一……"我叹了口气。

他接着说:"假如不能得到这种理想的脑,我们认为,只要其中一半,也就是十三个项目吻合,也能进行移植,但必须防止排斥反应。这种情况在二百人里能找到一个。"

"离现实近了很多,但二百人中只有一个,史无前例也不足为奇了。"刚才他说过假如找到适合的脑,这一"奇迹"就会发生,确实如此。"就是说,你们找到了适合我的脑?"

"对。你被送到这儿来的两小时前,有个病人心脏死亡。我们检查了他的脑,奇迹发生了。"

"心脏死亡……是死人的脑……"

"这可没办法,总不能取活人的脑吧?"

的确如此。"配型情况怎样?"

他目不转睛地盯着我,深吸一口气说:"二十六。"

"啊?!"

"是的,二十六,所有判断能否移植的项目都吻合,十万分之一的奇迹。"

我无言以对。

"老实说,我们曾担心手续多少会花些时间。这是首例成人脑移植,还有，捐赠者也就是提供者的心脏刚停止跳动几个小时就取他的脑，能否得到批准也是个问题。并且，当时当然没法取得你的同意。我们召开了紧急审议委员会，也曾经担心保守意见可能会占大多数。然而，会议一会儿工夫就结束了，因为没有其他办法能救你。还有，大家都不想让十万分之一的奇迹溜走，这种意识起了作用。再说，在东和大学这也是久违的大课题。"

"真是伟大的尝试。"

听我这么说，他高兴地点点头："没错。"

我再次摸摸脑袋——那儿有着令人难以置信的奇迹的结晶，不，我能意识到这一点，本身就是奇迹的结晶。

"我想，你昨晚已经看了保存库中两个玻璃箱里面的东西，那里面应该分别保存着两个脑的切片。"

"泡在类似培养液的液体里。"

"那是特殊保存液。一个是捐赠者的脑，取走了移植需要的部分，另一个是你损坏的脑片，两个都作为标本保存着。"

我又觉得不舒服了，但还不至于想呕吐。

"以上是有关你手术的内容。有什么问题？"

我抱着胳膊，看着他的脚。我听懂了，却无论如何不能真实感觉到刚才说的事发生在自己身上。他刚才说就像是更换机械零件，真能这么想吗？"就算想提问……也无从问起。"我摇摇头。

"如果被枪击中的是心脏，移植了别人的心脏，你大概会很容易接受事实。刚才也说过了，根本不必把脑视为特殊的器官。"

"那个捐赠者……我想知道为我提供脑的那个人的情况。"

博士闻言皱起眉头，鼓起脸颊。

"不行吗？"

"这基本上是秘密。我们也没跟捐赠者家属说起脑移植给了谁。话虽这么说，可只要查一下当天被送到医院的病人，就很容易弄清。你真的很想知道？"

"它成了我身体的一部分，我想知道。"

他摸着下巴，迟疑片刻，用手轻轻敲敲桌子，然后说："好吧，但禁止外传。"

"明白。"

他从口袋里掏出钥匙，打开最下面的抽屉，从塞得满满的文件夹中抽出一本，哗啦啦地翻开，递给我。

文件最上面写着名字：关谷时雄。二十二岁，学生，双亲健在。

"遭遇交通事故，被夹在汽车和建筑物之间，刚送到医院就死了。我们与他亲属联系，发现他做过器官捐献登记，就是表明死后愿意提供脏器或身体的某些部分供移植使用，便调查了你俩的脑配型。"

我叹了口气。想到无数的幸运成就了现在的自己，不知不觉中全身充满力量。"我想去他的墓前祭拜，去谢谢他。"

他摇头："这可不行。脑移植潜在的问题大如冰山，其中之一就是'个人'是什么。这个问题解决之前——大概本世纪内是解决不了了——不该去追问脑原来的主人。"

"'个人'是什么呢？"

"有一天你会明白。"他说，"看看报上的报道就知道，现在连你的姓名也没公开，这是和媒体的约定，直到人们能正确理解脑移植。"

"有什么被误解的吗？"

"误解……是不是该叫误解呢……"他避开我的眼睛，欲言又止，"如果完全是误解的话，并没问题。假设人有灵魂……"

"灵魂？有死后的世界？"

我稍稍放松脸颊，相反，他的表情严肃起来。

"不可轻视。世上相信灵魂存在的大有人在，说它支配着肉体。但这么想的人并不强烈反对脑移植，因为他们相信脑也在灵魂支配之下。"

"肉体的一部分变成怎样无所谓吗？"

"没错。其实，所谓灵魂不过是错觉——问题的重要性在这儿。"他看着我，咳了咳，"关于这个就不多说了，你还没准备好。"

"我听什么都不会吃惊的，请说吧。"

"时候到了会说的，现在说只会让你混乱。总之，希望你能理解的是，要解决的课题很多，至于谁的脑移植到谁的脑袋里，这问题还没到挑明的时候。"

他的语气变得很不友好，这让我觉得不满足，但没有追问。

"我们禁止媒体与你接触，条件是向他们提供你的恢复状况等信息。曾经有两个家伙无视这一约定，想方设法潜入这儿。"

"所以才那么严密封锁出入口？"

"目的不是禁闭你。"

我点点头，把脑提供者的相关资料还给他："对了，报上写着医生团队，还有哪些医生？"

"还有从其他大学过来支援的，这所大学里相关的只有我们三人。"

"请代向其他医生问好，转达我的谢意。"

"一定。"他的眼角皱起无数细纹，"还有想问的吗？"

"最后一个问题，手术最终怎样？能说是成功的吗？"

他舒服地靠着椅背，话里充满自信："这一点你自己应该最清楚。"

8

无聊的日子持续了数周,其间我一个不漏地接受了种种检查和测试。博士和两个助手什么也不肯告知,我究竟恢复得怎样呢?换绷带时在镜子里看看枪伤,至少外观正在恢复原状。据说外科整形技术进步很大。

这些日子,每次醒来都觉得体力在一点点恢复。身体健康了,精神是不是也同步呢?我想过也许脑移植手术会带来意外效果,但堂元博士说几乎不可能。我也是信口一说。

午饭后,我问橘小姐:"什么时候能出院呢?"最近这句话已经成了我的口头禅。

"快了。"她回答,这无疑是她的口头禅,但后面的话跟往常不同,"不过今天有礼物哦。"

"礼物?"

她两手端起盛碗筷的盘子,看着我笑眯眯地往后退,站在门边,说了声"请进"。

门慢慢打开,出现一条纤细的胳膊。

"啊!"我叫出声来。

细胳膊的主人探进头来，短发，还有鼻子上的雀斑，都和以前一模一样。

"嗨，"阿惠说，"心情怎样？"

用博士和若生的话说，我的前额叶语言区出了问题，完全说不出话，只是动着嘴唇，看着橘小姐。

"从今天开始可以会客了，"她说，"媒体除外。我赶紧第一个通知了叶村小姐。"

"早点告诉我就好了。"我终于能出声了。

"动机很单纯，想给你个惊喜哦，很久没有兴奋了吧？"她挤挤眼睛，"好了，你们慢慢聊。"

她走出去，关上了门，我和阿惠还在默默对视。我想不出一句恰当的话，语言区还是有问题。

"惠……"

我刚开口，阿惠便飞奔过来，长长的胳膊搂住我的脖子，带着雀斑的脸贴了过来。我紧紧抱着她瘦弱的身体，吻得几乎喘不过气来。

拥抱过后，阿惠跪在地板上，拉过我的手贴着她的脸："太好了，果然还活着。"

她的身体在微微颤抖。

"活着呢。你该听说我得救了吧？"

"嗯，但难以相信。你受了那么重的伤。"

"你是什么时候知道我被打中脑袋的？"

"上班时，臼井告诉我的。"

臼井是住我隔壁的学生，我们常去喝酒，有点交情。

"吓坏了吧？"

"以为要死了——说我自己哟。大受刺激，心跳都要停了。"

"听说你每天都来。"

"还说呢！"阿惠把我的手使劲往脸上贴，"担心死了，根本睡不着。医院的人说你不要紧，得救了，可是不亲眼看见怎么能放心？看到你的信和照片，我高兴得哭了呢。"

我抱紧她，再次长吻。放开她的唇后，我看着她问："知道我为什么能得救，做了什么手术吗？"

"当然知道。"她眨着眼点点头，交替看着我的两只眼睛，"你被送到这家医院后，马上就有了世界首例超强手术的爆炸性新闻。报上写的是某公司职员Ａ，我想，知道你被袭的人都猜出来了。但知道确切消息是在接到你来信的时候，一个姓若生的人告诉我的。"

"原来在此之前没有正式通知你。"

"说是规定只告知直系亲属，但你没有亲人，就破例告诉了我，若生先生真好。"

"虽然有点神经质。"我笑笑，分开她的刘海，摸摸她漂亮的眉毛，"我的脑袋里，装着别人的零件。"

"真不敢相信。"

"毛骨悚然？"

阿惠闭上眼摇摇头，短短的茶色头发摇得像小鸟羽毛。"很了不起。你将走过两个人的人生。"

"这么说我责任重大呀。"

"可是，"她盯着我的眼睛，似乎想看透什么，"什么感觉？有什么和原来不一样吗？"

"没有呀，什么都没变。"

"哦……"她一脸不可思议地歪着头。

"大家都好吗，新光堂的大叔他们？"

新光堂是阿惠供职的画具店。我和那里的小胡子大叔已经认识四年了。

"大家都很担心，可是也有些兴奋。"

"兴奋？我遭了那么大的罪还兴奋？"

"不对不对，说兴奋不合适。我是说，虽然名字没被公开，但你不是成了世界名人吗？光是想到身边有这样的人，就总觉得难以平静呢。"

"哈哈……"我能想象大家的心理。假如我和大叔交换立场，大概我也会有一样的心情。

"差点忘了，"阿惠拿起放在地板上的纸袋，"我想你大概会觉得无聊，就从店里带来了。顾不上买花了。"

纸袋里是大大的素描本。我欢呼起来："不愧是阿惠，知道现在我最想要的东西。"

"出院前能画几张素描呢？"

"我想在这些纸用完之前出去。真的谢谢你。"我抚摸着素描本的白色封面对她说，似乎马上就有了灵感。

而后我跟她聊起了住院的日子，说到半夜发现自己的脑片时，她屏住了呼吸。

"不好，都这时候了！"谈话告一段落时，阿惠看了看手表，顿时睁大了眼睛，"我是上班时间出来的。"

"溜号了呀。"

"突然来了电话，一听说能见你，我二话没说就飞奔过来了。"阿惠拉着我的手站起来，将我的手贴在她胸口，"看，还在怦怦跳，像做梦一样。"

"我活着呢。"我盯着她，像在发表宣言，"我还不会死，还有很多想做的事。"

"嗯。"她像放下什么珍贵的易碎品似的轻轻放下我的手，然后再次看着我，"你好像比以前靠得住了。"

"哦？"没想到她这么说，我不好意思地笑笑，"事实上最近心情很好，有重生的感觉。"

"我进屋第一眼看见你就是这种感觉，原来不是错觉呀。"她满脸开心，"我明天再来。"

"等着你。"我说。

她走出房间后，我不觉哼起了小曲。

9

准许探视的第三天，同事葛西三郎来了。葛西一进病房就嚷嚷开了："什么呀，不是好好的嘛。还住着宾馆似的房间，真是白为你担心了！"他是跟我同一拨进工厂的，性格活泼，这点和我正相反。我说给大家添了麻烦很抱歉，他的腔调和往常一样："你根本不用在意，这种机会可难得有哦，休息个够就是了。这次休假是带薪吧？这么小气的厂子，这次还真让我没想到。"

"厂里情况怎样？有点变化没有？"

听我这么问，葛西沉下脸挠挠下巴："老样子，什么都没变。"

"嗯……也是，这么短的时间，什么都不会变。"

"酒井他们在背地里动不动就说，要马上炒了工厂的鱿鱼、走人时要揍厂长一顿什么的。可酒井这家伙在我们看来没干什么大事，也没什么清楚的想法，只是装模作样掩饰自己在混日子罢了。"

"可不，还是老样子。"我叹气。

从去年开始，我们对厂长及其他上司越来越不信任，此前大家都闷在心里，没有表现出来。和上司关系恶化的导火线，是厂里生产的某种产业机械集中出了问题。我们机械师马不停蹄地奔赴客户那儿处理，结果发现，是机器附带的电源有问题，必须全部召回。具体产品缺陷并没公开，我们也被指示对客户要严守秘密。

我们连日来熬夜作战，问题看似解决了，但还有些地方总弄不明白。我们的疑惑有增无减。

出问题的电源是从某公司购入的，我们怀疑上头可能有人和那家公司扯不清。这并非只是简单的猜想，以前有过好几次类似情况，还有几次明显是和竞争对手串通一气，并且每次受命去擦屁股的都是我们这些一线工人。

反抗是理所当然的，明显的是接二连三有人辞职，年轻人居多。还有些人暂时没辞职但在等待机会——葛西等人大概属于这一类。剩下的人整齐地分为两类：一种人无意辞职，但也没干劲；另一种人不管发生什么，都忍耐着默默工作。后者中的多数人是从厂里借钱买的房子。

我虽没借钱，但无疑属于后一种。我有时随大溜生上司的气，却没有勇气表明态度。这也是因为自己从职业学校开始受人帮助，从没想过其他道路。所以大家叫我"老实蛋"。

"我说阿纯，你赚老板的印象分可以，可别做间谍呀。"休息时大说上司坏话的老员工注意到我也在场时经常这么说，大概是因为我不跟他们一起说坏话，只是默默听着的缘故。

有人问过我："你就没有一点牢骚？你究竟在想什么，觉得这样下去行吗？"

我并非没有牢骚，也不是觉得这样挺好，只是一想到自己究竟能做什么，就觉得无力回天，于是日复一日，得过且过。

"可这样是不行的。"

听我唐突地来了这么一句，葛西一愣："啊？"

"说厂里的事呢，总这样下去还是不行。"

"你小子说什么哪，人家正说电影呢，怎么一下子又回到前面的话题了？"葛西苦笑，看似吃了一惊，随即又恢复了认真的表情，"说得就是，这样不行，越来越离谱。"

"咱们不能做点什么吗？"

"越级上告？可工厂这么大，都不知道往哪儿告，并且告状得做好被炒的准备。"

"斩断万恶的根源固然重要，但我们首先该做的是改变自己，应该争取正当权利。如果因为上头胡作非为，自己就不好好工作，就和他们成了一丘之貉。"

"话是没错，可总提不起劲。"

我摇头："这种事不能辩解。"

"嗯，也是，辩解不好。"

"先团结一致做该做的，然后找合适的机会提我们的要求。"

"像工会之类的吗？可咱们的工会是窝囊废。"

"他们要是照我说的办，就不会被老板驯服了。"

"没错！"葛西笑过之后好像注意到了什么，"我说，你小子真的是阿纯？"

"别说胡话，不是我是谁？"

"简直像在和别人说话，真难相信从你小子嘴里能说出这种话。"

"住院后有时间仔细考虑各种事了。回顾过去的自己真是惭愧，不知为什么会那么满足于现状。"

"传说中的重新发现自我吗？看来我也得住住院。"葛西看看表站起来，"我走了。"

"要团结！"我冲他握拳。

他在门口回头看看，耸耸肩："回去跟大伙儿说你小子现在的样子，大概没人会相信。"

我冲他挤挤眼睛。

当天晚上来了警察。我打开阿惠送的素描本，想着她的笑脸开始落笔时，橘小姐来通知了此事。

"如果你不愿意，今天可以先让他回去——如果你还没整理好心情的话……"

她的关心让我高兴，但没等她说完，我就开始摇头："的确是不想回忆的事情，但我想自己对此做个了结。请他进来吧。"

她用一种观察患者精神状态的眼神看着我，理解了似的点点头，消失在门外。

几分钟后，敲门声响起。

"请进。"

随着一声略带沙哑的"打扰了"，门开了。进来的男人三十五六岁光景，健壮得像职业棒球运动员，脸色略黑，轮廓粗犷。他迅速环顾了一下病房，像看什么家具似的把视线停在我身上。

"我是搜查一科的仓田。"他递过名片。

我接过来，一眼先看到名片一角用圆珠笔写的小字，记着今天的日期，大概是出于万一名片被坏人盗用，能查出去向的考虑。警察的工作就是怀疑。

"你看上去很好，脸色也不错。"他人来熟地说。

"托大家的福。"我把椅子让给他，自己坐到床上。他客气了一句便坐下了。

"还以为你躺在床上呢，原来不是。"他看了一眼窗边的铁桌，上面摊着素描本。

"我不是因为内脏有病或腿骨折之类才住院的。"

"可不。"他点点头，一脸神秘，"但真是一场大难呀。"

"像做了一场梦。"我说，"当然，是噩梦。"

"负责这儿的女士——橘小姐,是吧?她告诉我,关于那件事,你基本记不起来了。"

"听说案犯死了,详情并不清楚,前几天他们才允许我看看报纸。"

"真是遭了不少罪。"他瞥了一眼我的额头。绷带取掉了,伤痕还没消失。

"警察当然知道我做了什么手术,对吧?"

听我这么问,他表情复杂。"只有跟调查有关的人知道,上头还禁止我们外传。"

我不得不苦笑,大概极少有人能对如此有趣的话题闭口不谈。

"嗯,听说你的记忆没问题,你还记得那件事吗?"

"我完整地记得遭枪击前的事。"

"那就够了。能尽量详细说说吗?"他跷着腿,取出纸笔。

我把在医院醒来之后没回想过几次的那个场景,尽可能准确地说给他听,尤其谨慎地叙述了从小女孩想越窗而逃到案犯发觉、开枪的过程。

听完,他脸上混杂着满足和吃惊的表情。

"和其他人的证词大体一致,不,应该说你的叙述最明确。真不简单,头部中弹,做了那么大的手术。"

"谢谢。"

"该道谢的是我。这下我可以完成报告了。听说你可能恢复意识,我一直空着这一段呢。"

他边说边把笔记本放进西服内袋。

"我能问点问题吗?"

"你问吧,只要是我知道的。"

"那人究竟是什么人?为什么要袭击地产中介公司?"

警官两手交叉,看着天花板,鼓起嘴唇。

"那人叫京极瞬介,"他用手指在空中比画着这四个字,"走向犯罪的经过说来话长,简单说就是报仇。"

"报仇?向谁?"

"一个是他父亲,另一个是社会。"

"他父亲……和那家公司有什么关系?"

"老板番场哲夫是他父亲,但他没入户籍。番场承认和京极的母亲有过关系,但否认他是自己的儿子,至今没有提供过任何经济援助。京极的母亲去年因感冒致死,像是从那时开始,他决心报仇。"

"感冒致死?"我以为自己听错了。

"好像是心脏衰竭,京极几次求番场出手术费,都没被当回事。"

我觉得后背一阵发凉。我头部遭枪击还活着,世上却有人因感冒而死。

"据说,母亲死后,那家伙经常出现在番场周围,我猜也许是在伺机报仇。之后,他大概探听到那家公司里存放着大额现金,就想到了抢劫。"

"他母亲不是已经死了吗?事已至此,抢了钱也……"

"所以是报仇。"仓田警官嘴角一歪,眯起一只眼睛,"他是在报复泄愤。但对于关键人物番场来说,就算被抢走了两亿元也不会多么心疼,他每年逃的税比这多得多。"

我觉得胸口像长了异物般一阵发紧。

"真是悲惨的故事。"

"是悲惨。"他说,"世上莫名其妙走霉运的人多的是,都在一边为命运生气,一边化愤怒为力量地活着。那家伙,京极,是只丧家犬。对了,听说你也是父母双亡?"

"我还在上学时,父母就都去世了。"

警官点点头:"但你仍在堂堂正正做人,这次还拼了命去救孩子。"

我想这跟环境之类的没关系。同你这样的人相比，京极是没用的垃圾，死了更好。"

"听说他确实死了。"

"在商场楼顶……"

"楼顶？"我不禁提高声音。

"打中你之后，京极抢了钱逃出房产公司，在被枪声引来的人群中挥舞着手枪杀开一条路，然后上了车，但马上就被整个街区的包围网围住。之后就能想象了吧？网越缩越小，逼得他走投无路。"大概是为警察的机动能力感到自豪，他变得目光炯炯，"他半路扔下车，跑进丸菱百货商场。目击者很多，马上就通报了狙击队。京极胁迫电梯工直接上了楼顶。"

"他为什么要上楼顶？"

"狙击队也抱着和你同样的疑问追上去，到了楼顶才恍然大悟。他爬过护栏，往下面撒钱。"

"从楼顶？"我瞪大眼睛，"为什么？"

"这个只有他本人才清楚。大概是泄愤的一种方式吧，或者只是想让骚乱升级。百货商场周围像蚂蚁包围白糖一般聚满了人，警察赶来想方设法回收，可一大半钞票都有去无回。"

我眼前浮现出他说的情景。

"到那儿他就没想逃跑了吗？"

"好像是。警察一靠近，京极就一边拿枪威胁，一边往下撒钱。钱撒完了，他从护栏下来……"仓田警官用食指和大拇指比画着朝自己胸口开枪的样子，"命中心脏，当场死亡。据当时在场的警察说，开枪前京极笑了，阴森森的。"

我能想象他的表情。大概是用那死鱼眼般浑浊的双眸，空洞地看着一切在笑。

"没有其他人受伤吗？"

"幸运的是——这么说可能对你不敬——没有。遭劫的是你和那家房产公司。因案犯死亡，免予起诉，只能说是悲惨了……"他轻咬下唇，摇摇头。

"损失费之类的怎么说？"

"案犯终归已经不在了，我们也考虑过向房产公司索赔，但番场哲夫对这回的损失已经大为光火了。"

他面露同情之色，但我并不是想索赔才问的，而是在琢磨替我付住院费的人是不是和京极瞬介有关。

"但这确实可笑。"我说，"事情闹得那么大，还有我这样差点去见上帝的受害者，结果却不起诉，也就是说没有审判，什么都没有。"

可能是把我的话听成讽刺了，仓田一脸苦相。"可能追京极追得太急了，狙击队大概也没料到那家伙那么快死心。"

"我觉得，他不是……死心。"

他一脸意外："哦？"

"嗯，他一开始就决心去死了。"

他耸耸肩，轻轻笑了："可能。想死的话，一个人找死不就行了。"

"就是。"我随口附和，同时想象着京极自杀前那一瞬间的笑容。

【仓田谦三笔记 1】

　　五月十八日，会见房产公司抢劫杀人未遂案受害者成濑纯一。成濑在年轻人中个头不算高，不胖不瘦。大概是住院的缘故，脸色白皙，气色还不错。

　　他描述了此案的详情，没什么大的纰漏，看来记忆力相当好，有充分的论证能力（当然，这对本案基本没什么意义）。

　　补充一点，我见到的成濑和想象中的大不相同。综合他的同事等人对他的评价，他是个沉默、老实、怕生的人，但今天他非常开朗。我们初次见面，他并不拘束，口若悬河，让我深深体会到人的看法是多么千差万别。

10

再有两天就出院了,离完全自由还有四十八小时。

博士说,我已经不用再做测试了,脑已经痊愈。听医生下这样的结论,作为病人的我心情大好。但不能否认,在高兴的同时,仍有巨大的不安像雾一样笼罩着我的心。我知道自己做的手术意义重大,难道这样就行了吗?我觉得似乎有什么重要的东西被忘记了。

但我的确觉得健康状态没有问题,特别是体力,比住院之前要好得多。这是因为最近的活动范围在扩大,每天去一次外科病房的地下健身中心。最初我被带到那里,是作为功能训练的一个环节,等明白了没必要进行那种训练之后,我只是在那儿补足运动量。住院期间的饮食也起了作用,让遭遇事故前略显臃肿的肚子没了赘肉。以前我没怎么正式参加过体育锻炼,从不知道锻炼身体会让人如此心情舒畅。但有了充实感之后,有时候心里也会有阴影,觉得自己在害怕什么。究竟是什么呢?

出院之前,阿惠给我带来了新衣服——橘红色的针织衫。被送到这儿的时候,我穿着衬衫和毛衣,可如今已经是夏天了。我谢过阿惠,问她:"媒体那帮家伙消停了吗?"

"嗯，见不太着了，还是记者招待会后那阵子最吓人。"

"给你们添麻烦了，出了院，要马上去向大叔道歉。"

"没事，又不赖你。"阿惠微微一笑。

上周在医院的会议室举行了记者招待会，在记者们保证不拍照、不实名报道的条件下，我也参加了。现在我出席这种公开活动一点都不害怕，这在以前是没法想象的。

堂元博士回答了技术性问题，以及今后的展望之类的问题，之后，记者们将焦点对准了我。提问的是个和我年龄相仿的年轻女子，长着一张理性的脸。

第一个问题是："感觉怎么样？"我回答："很紧张。"不知道为什么，大家都笑了。

"有什么异样的感觉吗？"女记者恢复了认真的神情，继续问。

"没有。"

"不会头疼什么的吗？"

"不会，感觉好极了。"

女记者点点头，眼里充满好奇。我发现其他记者的眼神也不像是在看采访对象，而像是看到了新展品的观光客。

被问到现在的心情时，我回答非常开心，然后向堂元博士和其他救了自己命的人衷心致谢——这是我的真心话。

"你怎么看那次事故？"

"事故？"

"对啊，你无端遭到枪击那件事。"女记者两眼放光，很多记者也纷纷往前探身。

"关于那个嘛——"我咽了口唾沫，环视大家的脸，"我现在还什么都回答不了，想再花点时间慢慢想。"

这个回答明显让他们希望落空，提问者的眼里满是失望和怀疑。

"这是什么意思呢？你一定憎恨案犯吧？"

"当然。"

他们露出了"果然如此，早这么说不就行了"的神情。她接着问："还有什么想法吗？"

我只能闭嘴。憎恨案犯和对事情的看法完全是两码事。我对该案的过程基本上一无所知，对不清楚的事情发表感想，难道不需要花时间慢慢思考吗？一两周的时间是不够的。

我这么想着，但什么都没说。女记者开始问堂元博士别的问题，针对我的提问时间结束了。第二天的报纸称我是这么说的："案犯可恨，别无他感。"

发布会后，记者们的采访攻势持续了很久。他们捕捉不到新线索，就开始侵入我的生活圈。不知是从哪儿探听到的消息，他们拥到了阿惠上班的新光堂。幸好他们还没嗅出我和阿惠的关系。

"虽没提到阿纯的名字，这样也等于是没有隐私了。"

"没办法，这也不是从现在才开始的。"

"可我还是有点担心你出院之后的事。"阿惠拿起素描本，翻开，看到里面画的十三张素描全是自己的脸，翻着翻着脸就红了。

"真想早点开始正儿八经地画画。"我说。

"再过两天就可以尽情地画了。"

"对啊，模特儿又是现成的。"

"裸体的可不行哦。"阿惠调皮地瞄了我一眼，重新去看素描本，然后歪了歪头。

"怎么了？"

"嗯，也没什么啦。"阿惠把素描本翻来覆去看了好几遍，"我觉得你的笔法和以前相比稍有变化，前面几张还不觉得，越到后面越明显。"

"哦？"我拿起素描本从头开始重新看了一遍，完全明白了她的意思,"还真是。有点变了,线条好像变硬了。"

"是吧?把我的脸画得棱角分明,很棒。"阿惠看起来挺高兴。

我想起了昨天晚上堂元博士的样子。他看到素描本,一定要复印一份作为资料。当时博士依然是一副研究者的目光。但不知是不是我的错觉,他似乎和往常有点不同,像在忍耐着什么似的皱起眉头,表情甚至有些悲伤。我问他怎么了,博士回答:"没什么,你能恢复到这样真是不容易。"

"怎么了?"见我有些走神,阿惠很奇怪。

我摇了摇头:"我在想这幅画,整体感觉不同,大概是因为内心需求得不到满足的缘故。正常的男人被关在密室里这么多天,也会变成狼人,这看来是狂暴症的表现。"

"再忍两天吧。"阿惠过来搂住我的脖子,"可是阿纯,你真的变得像可以依靠的男人了,就像是化蛹为蝶了。"

"不是你喜欢的类型?"

"嗯,喜欢以前的阿纯,更喜欢现在的。"阿惠撒着娇。

【堂元笔记　4】

六月十六日，星期六。

脑功能完全没问题，可这一个月以来的心理、性格测试的分析结果究竟是怎么回事？让若生、小橘两个助手进行解析。

还有辅助材料——受赠者画的几张素描。受赠者主要是右脑受损，这种类型的画家的作品会有无视左侧空间、向更加感性和直接的画风发展等特征。看受赠者的素描，目前还未见无视左侧空间的倾向，但正朝着犀利刚硬、不拘小节的画风转变，十几张素描足以证明这一点。可以说他现在的画风是感性的，或者说是直接的。

那么，受赠者右脑的损伤是否没有改善？观察所有检查的结果，并不能证明这一点。移植脑片已经完美融合。

依现在的情形，再延迟出院时间看来有困难。今后要通过定期检查来进行追踪调查。

11

　　出院前的两天也是在忙碌中度过的。虽是病房，也是住了几个月的屋子，要搬走需要做好多准备。

　　出院那天，我刚把所有行李打好包，橘小姐来了。

　　"行李不少呀。"她看看捆好的纸箱。

　　"里面不光是我自己的东西，还有医院给我买的内衣睡衣什么的，真的可以拿走？"

　　"没事，留在这儿反倒麻烦。"橘小姐双手插在白大褂口袋里，耸耸瘦削的肩微笑。她总是素面朝天，看上去像个一心只想着研究的女子，可刚才这表情不知为什么却很性感，我不禁一怔——为什么自己从没注意到她的魅力？

　　行李会从医院直接送到家，所以我空着手出院就行。在门口，我回头看了看。白色病床收拾得干干净净，屋子里空空如也，想起在这儿的生活，恍然如梦。

　　"伤感啦？"橘小姐在一旁说，听起来有点像开玩笑。

　　"哪儿呀。"我说，"可不想再来了。"

　　她听了先是垂下眼帘，继而又盯着我的脸说："是呀，可不能再来了。"这时，我也觉得她很美。

我被她领到堂元博士的办公室。博士正坐在沙发上和客人谈话。客人有三位，一对中年男女和一个小女孩。女孩和她母亲好像在哪儿见过，父亲模样的男人则素昧平生，他四十岁左右，气质优雅，面容精干，身体健壮，穿着合身的灰色西服。女孩的父母看我的眼神中带着亲热。

"要走了呀。"堂元博士取下金边眼镜，抬头看看我。

"是的，多谢这么长时间的照顾。"

我鞠躬致谢，博士点头回应。"对了，要给你介绍几个人，就是这几位，他们姓嵯峨，你知道他们是谁吗？"

"当然。"我看看小女孩和她母亲，"那天他们在房产公司，对吧？"

"当时真是太感谢了。"母亲深深鞠躬，"典子也过来谢恩，是你的救命恩人呀。"说着轻轻摁女儿的头。小女孩用不习惯的语调说："多谢了。"

"真的是不知道怎么感谢才好。哦，忘了说了，我是典子的父亲，这是我的名片。"灰西服绅士郑重地鞠躬，递过名片。

名片上印着"嵯峨道彦"，是个律师，好像经营着事务所。

"您女儿没受伤吗？"

"是的，托您的福。她还是个孩子，不太明白自己遭遇了什么，但我们会好好教育孩子，让她知道是成濑先生您救了她。"

我比嵯峨先生小十来岁，但他的言辞像是在跟长辈说话。他也许是想表达诚意，听着倒让我有些难为情。

这时堂元博士说："我跟你说好的吧，出院前回答你剩下的疑问。"

我看着博士的脸，歪了歪脑袋，刹那间明白了他的意思。

"住院费……是嵯峨先生付的？"

"没错。"博士回答。

我看了看嵯峨。他面带微笑地摇摇头。"理所应当的。要是被击中的是典子,大概就没法救了,花多少钱也无法挽回。"

"我弄成这样的原因不在您女儿。"

"您能这么说让我们稍稍心安,但您挺身而出救了我们女儿,这事实不容置疑。协助您的治疗是我们的义务。"他的语调沉稳中带着些律师的威严。

我什么也应答不了,只是问博士:"为什么要瞒到现在呢?"

"这是嵯峨先生的希望,他不想让你额外操心,能持续接受治疗直到完全康复。"

我再次看看嵯峨先生,他的表情像是破涕为笑。"不足挂齿,还没报答完您恩情的十分之一,有什么我们能做的请您尽管说。"

"谢谢,已经足够了。"

嵯峨闻言拉起我的右手:"真的,有什么困难请来找我们。"

"我们会竭尽所能。"夫人也说。

我交替看看嵯峨先生的大手和他们夫妇俩诚挚的眼神,他们目光炯炯。"谢谢。"我再一次说。

走出博士的房间,我和橘小姐一起走到医院大门口。几家电视台和报社来采访,我回答了提问。他们守约不拍正面照片。我没提嵯峨一家的事,这不该由我来说。

记者们在我和橘小姐身后拍个不停。我对她笑笑说:"简直像演艺界人士。"

"你是从宇宙归来的幸存者哟。"

"你可真会说话。"

我出大门前,橘小姐说:"每周或隔十天,一定要来一次哦。"她说的是定期检查。我的头脑似乎还无法独立。

"我会把它当成约会,在挂历上做记号。"说着,我抬头看看医院。白色建筑像个巨大的生物,我觉得自己像那儿产出的蛋。

12

我很高兴自己还没忘记去公寓的路,街上的风景也和记忆中的一样,看到挤公交车的中学生成群结队穿过人行道也觉得亲切。

我真真切切地感觉到,自己回家了。

拐过大路,眼前一排小小的新住宅,这一片这几年开发得很快。笔直往前走就是我住的公寓。房子有两层,是用铁皮架子和合成树脂板拼成的简易建筑。平时停车场上总有两三个主妇站着聊天,今天却没有。

我爬上楼梯,来到房间前,听见里面传来吸尘器的声音。打开门,看见阿惠穿着围裙的背影。

她关掉吸尘器,回过头看我:"欢迎回家。"

"你请假了?"

"老板让我早点回来。让你睡在灰尘满地的屋子里也太可怜了嘛。"

"谢啦。"我脱鞋进屋,从敞开的窗子往外看风景。

"松了一口气吧?"

"嗯,但总有些不可思议。"

"什么?"

"这儿的风景早看惯了,却像是第一次看,不,像是第一次看到的人觉得以前在哪儿见过似的……这种情形好像叫什么……既视效果。"

"哦……"阿惠像是想理解我的感受,来到我旁边一同看风景。

"大概是在密室里待太久了,什么看着都新鲜。"我这么自圆其说,环视我的屋子,首先注意到的是墙边的画架,上面摆着阿惠坐在椅子上看书的肖像画,只画了一半。

"得把它画完哦。"阿惠把手放在我肩上。

我端详着自己几个月前画的画,遗憾的是并不觉得好,没表达出什么。

"不行。"我说,"这样的根本不行,一定是哪儿出了问题,一点也不生动。"

"是吗?我觉得这画挺好的呀。"

"这只是在模仿,还不如不画。"我把画架转到背面。看着它似乎令我不快。

"跟那个一样。"阿惠说,"我说的是素描本。你看,越到后面笔法越不一样,一定是你的感觉有了些变化。"

"哦,"我点点头,"可能吧。"

"现在的你一定能画出更好的画。蜕皮了嘛。"

"真那样就好了。"我笑了,吻了吻她的脸颊。

等我的唇离开,阿惠一副要看穿我眼眸的表情。

"怎么啦?"我问。

"嗯,没什么大不了的。"说完她又盯着我的脸,"你的头里面,还装着一点别人的脑,对吧?"

"对啊。"

"可阿纯……还是阿纯,对吧?"

"说什么呢。我就是我,不是其他任何人。"

"可是,要是把脑全换了呢?那样也还是你吗?"

"这个嘛……"我想了想,答道,"大概就不是了吧,当然是脑原来的主人。"

"哦……"阿惠的眼神不安地游移着。我能明白她在想什么。这是她现在的问题,我则想起了另一件事,但现在不想触及这些问题。大概她也有同感,微笑着转换了话题:"对了,得庆祝一下。"

"就我们两个哟。"我再一次抱紧她,去阻止脑海里再浮现出什么不祥之物。

门被敲响了,出去一看,隔壁的臼井正笑眯眯地站着。

"回来啦?看起来很好呀。"他脸色发青,眼睛充血红肿,看上去更像个病人。"刚听说事故时我甚至想,怕是凶多吉少了呢。"

"听说是你给阿惠传的话。"

"因为想不起来还能通知谁。"

"你还玩这个?"我做了个敲键盘的动作。臼井唯一的爱好是电脑游戏,经常能听见声音。

"嗯,总是吵你,真对不住。"他挠挠头,发觉了什么似的变得一本正经,"你真的变精神了,觉得比以前更像个男人。"

我和阿惠对视了片刻,轻描淡写地笑着否定:"没那回事,不过是错觉。"

"哦?"臼井歪歪脑袋。

那天晚上,我抱着久违的阿惠的身体。不能让楼下听见动静,我们始终都很老实。我在阿惠上面,看着她的脸,到了高潮。

那一瞬间,脑子里浮现出一件事。

我必须忘掉它,那是不该想的。只不过是因为自己现在的情绪和以往的有点不同,才会去想奇怪的事。一定是这样。

但这个念头始终在脑海里挥之不去。第二天早晨，揉着惺忪的睡眼看阿惠的脸时，我又这么想了——
　　这姑娘要是没长雀斑就好了。

【叶村惠日记　1】

六月十九日，星期二（阴）

早上从阿纯家回来。昨天是翘首盼望的出院日。

阿纯回家了，抱了我。这是我做梦都想的事。但有什么东西堵着我的胸口。

神啊，谢谢你救了阿纯，他确实康复了。

可是，神啊，我还有最后一个请求，请保护我好不容易找回的幸福，别让它毁坏。请不要把我那幼稚而不祥的妄想变成现实。

13

出院两天后,我决定去上班。本想再歇几天,可在家也无所事事。还有,媒体的电话总是不期而至,上电视、座谈,甚至还有人问我要不要出书。真想怒吼一声"我不是摆设"。得控制住情绪去一一回绝,弄得我筋疲力尽。

所以我想提前去上班,可今天早上醒得很痛苦,又做了那个脑袋被打穿的梦。现在记忆已经不会模糊了,可刚起床时还是头重脚轻了好一阵子。出事以来一直没变的是,早晨照镜子时我总会紧张,觉得镜子里出现的是陌生人。

我在洗脸台前洗脸,对着镜子点点头,暗道:"这是自己的脸。"但还是觉得哪儿不对劲,这真令人不安。

我想起了昨晚的事。在一瞬间——即使一瞬间也不行——我觉得阿惠的雀斑很丑。不该那么想的。

她不经意间说的话也在我脑海里挥之不去——"要是把脑全换了呢?那样也还是你吗?"

不对,那样就不是我了。复杂的道理我也不懂,但我想,现在认为我是我自己的心,是由脑支配的。如果脑换成了别的东西,我的心也就跟着消失了。

那么，像这次手术一样，一部分起了变化的情况会如何呢？现在我脑袋里装的脑，和遭枪击前的脑无疑不能等同，这样的脑所支配的心，能说和我原来的心一样吗？

我弄不明白了，头也有点疼。

我用水洗洗脸，又一次看看镜子。这个问题就别想了吧，它只该被放入奇怪的潘多拉盒子。一定有办法说清楚的。我比任何人都清楚，我还是原来的我，抱着阿惠的感觉也和原来一样。

忘了雀斑的事吧。

上班后，我先去了班长那儿打招呼，然后和他一起去了车间主任和制造部长那儿。看到我，上司们的反应大同小异——先是满脸吃惊，接着怀念似的眯起眼，然后开始说话，语气听起来简直像是每时每刻都在为我担心，但他们在我住院期间没有捎过一句问候。

一通招呼过后，我和班长来到车间。拉开一道隔音门，各种噪音直飞过来：旋盘、球盘的马达声，升降机上下的声音；还有臭味：熔接机发出的气体、金属和机油的臭味。

这个车间里的工人根据客户的要求对各种产业机械进行组装和调试。车间里干活儿的多达数百人，我所在的制造服务班连班长在内共有十二人。

到了我们车间，班长把大伙儿叫来。他们像是马上注意到了我，小跑着聚了过来。

班长说话的时候，我挨个看大家的脸。只不过三个多月没见，看样子像是发生了很大变化。每张脸都毫无生气，缺乏活力。那几个经常挖苦我的老员工，我简直怀疑他们是不是哪儿病了。

我向大家道歉休了这么久的假，称自己的身体已经完全复原，请大家不用担心。我想大概大家都知道脑移植的事，就没有提。

上午我的任务是给葛西打下手，修理调试新型熔接机，目的是回忆工作要点。刚开始我有些困惑，但马上就想起了顺序。

午休时我和葛西去了职工食堂。坐下后，葛西问："你觉得车间气氛怎样？"

"还不坏，不过有些失望。"

"失望？什么意思？"

"工人们的劳动欲比想象的还差。可能因为离得远才看得清吧，大多数人懒懒散散。这样拿工资的人，没资格对上头的不良行为发怒。"

"真不留情面。"葛西看起来不太高兴，"这话在班里其他人面前可别说啊。"

"我没想说，别人听到了也无所谓。本来就是嘛。"

葛西拿着叉子的手停在半空，一副看到了讨厌东西似的表情。

第一天工作结束后，回家路上我顺便去了趟书店。阿惠系着围裙在屋子里等我。满屋肉酱的味道。听说我上班了，她有些吃惊。

"你不在家我很担心。你不是说明天去上班的吗？"

"还是早点去上班好。"我没有细说，不知道该怎么说。

"你买了什么书？我能看看吗？"阿惠看着书桌上的袋子问，还没等我回答就打开了，"什么呀这是？不是绘画书嘛。《机械构造学》和……《最新设计思想》？买这种书真是难得。"

"好歹我也是技术员嘛，得经常补充专业知识。"我嘴上这么说，可去书店本来是为了买绘画书，晃来晃去却在工学相关书籍前站住了。专业书籍资料汗牛充栋，看着它们，我心里一沉。信息如此之多，自己却从没想过拿来用一用。等回过神来，我发现自己正拿着两本书排在收款台前。说来确实丢人，这是我第一次买有关工作中如何自我开发的书。

排队付钱时我瞥见了前面学生模样的男孩手里的书，一本是关于如何不让女孩子讨厌，另一本的书名是"向父母骗钱的方法"，两本书的封面上都写着大大的"漫画图解"。这学生究竟到什么时候才会意识到自己在浪费宝贵的时间？

　　"大概永远不会有那一天了。"我说起那个学生，阿惠笑着认真地说，"我想那种人今后活着也一直会是那种样子的。"

　　"那样总有一天会摔跟头。"

　　"嗯，可他不会明白为什么摔跟头，所以不会想到是因为虚度了宝贵的学生时光。"

　　"这种家伙就别来到人世了。"

　　不知道是不是我说得太极端，阿惠似乎有些困惑。

　　吃完她做的意大利面，我开始准备画画。好久没有弄画架了。

　　当模特儿的阿惠问："我怎么弄呢？"

　　"呃……是呀……"我从各个角度看她的脸和身体。这样应该马上会有灵感。

　　"怎么啦？想傻啦？"阿惠把胳膊肘放在窗框上，有些奇怪地笑了，因为我什么也没说，呆呆地站着。我脑子里丝毫没有灵感。以前可不是这样，只要阿惠动一下身体，灵感就会像潮水一样向我涌来。

　　"喂，怎么啦？"她似乎感觉到了不安，笑意从眼里消失了。

　　"哦，没事，你这样就行。"我在白色画布上开始素描。从斜前方看阿惠的表情——这是我画惯了的。

　　可只画了大约十分钟，我就停下了："今天就到这儿吧。"

　　"不是刚刚开始画吗……没情绪？"

　　"没那回事，我很想画，也很有灵感。可今天，怎么说呢……有点累了。很久没去工厂了，大概是精神疲劳。"我牙根直痒，这话我自己听着都明显是瞎扯，越是添油加醋，越显得欲盖弥彰。

"哦……也是。"阿惠大概也注意到了我的不自然，但没有深究，"喝咖啡吗？"

"好啊。"我收拾起画架。

我喝着阿惠冲的咖啡，听她说着关于顾客和朋友的闲话。我笑着附和，心底却在说，这有什么好玩的——意识到这种想法时，我不禁一惊。这样的内心活动绝不能让她察觉。

说笑了一会儿，我把阿惠送回她住的公寓。在房门前道别时，我说，最近暂时不画了。

"为什么？"她不安地问。

"我想把厂里落下的工作补上，所以明天开始我想加班，回家就可能晚了。"

"哦。"她点点头，可眼里还是一片不解。

"不是我不想画画。"

"嗯，知道。"

"那，晚安。"

"晚安。"

回家路上我一直想着和她的日子。她爱着我，我也爱着她。不管发生什么，我都不能忘记，她是我在这个世上唯一的女人。

回到家，我捧着《机械构造学》和《最新设计思想》读到凌晨两点，可注意力总集中不了，因为能听见隔壁臼井玩电脑游戏的声音。今晚他那儿好像还来了朋友，传来喝醉般的说话声和笑声。我抓起旁边的咖啡杯朝墙上扔去，杯子碎了，隔壁却没安静下来。第二天早晨我一边收拾碎杯子一边想，自己为什么会干傻事？

【叶村惠日记 2】

六月二十一日，星期四（晴）

阿纯去上班了。我从傍晚开始在屋子里等他，做了他爱吃的意大利面，可他吃完了也没说"好吃"。西芹奶酪色拉剩下了四分之一。以前，他没剩过，从没。

神啊神啊，请不要让可怕的事发生！请把我们轻轻放在一边。请不要夺走阿纯，我的阿纯！

14

　　工作恢复得比我当初想象的还顺利。原来我担心休假期间会和别人在技术能力上拉开距离,却意外地发现没有。对此我既高兴又奇怪。我住院期间大家究竟在干什么?厂里接了最新型机器的修理工作,谁都不肯上手,因为没有说明书,是项吓人、复杂、费时费力的工作。记得我以前也对这设备望而却步,没想到现在大家还跟当时的我一样。

　　"不如把内部零件全部换掉更快些,这种机器很少进来,就为这一台从头学习也太离谱了。"芝田对班长说。芝田是工人们的代言人,大家都不想沾棘手的活儿,喜欢照着一成不变的要领,去干那些不用想就能干的工作。

　　班长觉得总这样不行,却又不说出口。我一咬牙,提出要接下那项工作,说不挑战陌生的机器,我们的工作水平就无法提高。班长又惊又喜地答应了我的要求。

　　重新看看车间,我发现身边不合理的地方俯拾皆是,比如操作顺序中有不少多余的部分,工人的等待时间——即无所事事的时间太长,等等。我把注意到的这些无用功作为改良提案交了上去。改良提案是工厂奖励制度的一种,优秀方案有奖金,可最近没什么人参与。我也很久没写方案了,不知道自己之前为什么会放过那么多的不合理。我在一周内提出了二十多项方案,还提交了试验研究报告,班长看到这些时眼睛都瞪大了。一线员工写写研究报告并不是坏事,这至少对大家是一种意识改革。

总之,低能无聊的人太多。说他们勤勉,不过是因为不会合理分配时间;说他们积极,不过是逃避其他困难工作而已。即便说工作只是生存手段,也没见他们有什么拿得出手的爱好或特长。我真是每天都在失望。

就在失望到达顶点的时候,葛西他们约我去喝酒。我想拒绝,可他们说是为祝贺我康复,就不好推辞了。

那家小酒馆从工厂走过去大概要十分钟,店面很小,只能容纳十几个人,我们进去后差不多店里就满座了。我和葛西他们围着桌子坐下。

"不管怎么说,真是被卷进了超级事件。被击中脑袋,光是想想就起鸡皮疙瘩呀!怎么说也是脑袋呀,一般人都认为没救了。"喝了一杯酒润了嗓子后,葛西用夸张的语气说。周围的人也一脸同意地点着头。

"话说回来,不愧是阿纯呀。"年长的芝田深有感触地说,"他可不是鲁莽行事,是想去救小姑娘才挨了枪。这么有骨气的人已经不多了。"

说什么胡话!我觉得肚子直抽筋。当时的情况跟骨气没关系。以前我挺尊敬这个芝田,觉得他是个明白人,现在看来,不过是不合时宜、不懂装懂的凡人一个。

"如果是我碰上那种情况,就会这样。"长得像只猴子、言语轻薄的矢部则夫缩着脖子抱紧脑袋,"我会趴在地上,向神呀、佛呀、上帝呀,只要是能救俺一命的家伙们祈求,只要我能捡条命,其他人谁死了都无所谓。"

我一边和众人一起笑,一边在想这个男人究竟在害怕什么。作践自己逗大家笑的态度,卑微的眼神,他明显是在害怕什么。

不，不光是矢部，可以说现在我身边的所有人都一样。他们在害怕什么？

终于，关于我的话题说得差不多了，谈话转向工作，但都是些水平低劣、毫无长进的对话。我没参与谈论，闷头喝着纯威士忌。很久没碰酒精了，我觉得醉意急剧袭来，身体像是飘了起来，眼眶发热。

"你好像今天又交了报告？"突然出现在我旁边的，是刚才一直坐在远处的酒井。他个子很高，面若骷髅，比我早两年进厂。自从我回来上班，这是他第一次和我说话。"真是努力。也别因为休假了就硬撑啊。"

"我没硬撑，不过想尽量做点能做的事。"

"尽量做点能做的，这可怎么办呢？"酒井好像在笑，可看上去只是歪了歪脸，"可能你是休养够了精力过剩，可也得考虑考虑周围的人呀。"

"你是让我袖手旁观？"

"没那么说，是让你迎合节拍！"

"迎合酒井你，"我迎上他的目光，"不就是袖手旁观？"

话音刚落，酒井抓住了我的衣领。

"住手！"芝田插进来劝架。

酒井咬牙切齿："别因为大家捧着你就得意忘形！"

"都冷静点！"芝田一边劝一边把酒井拉到别的桌子旁。酒井的愤怒像是还没平息，斜眼瞪了我好一阵。

"有点说过头了啊。"葛西给我倒酒。

我一口气喝干。"他这是忌妒！"

"忌妒？"

"对，不用管他。"听我这么说，葛西眼里又出现了胆怯。

不用害怕酒井。他只是再普通不过的弱者。看到别人做了自己做不到的事,会懊丧地认为,假如有机会自己也行——这样的人不在少数。他们可能在想,只不过是自己没在房产公司遇上强盗罢了。如此低俗的人,也许还会忌妒首例脑移植手术这一事实。

我觉得很开心,从没觉得酒这么好喝。我头脑发热,身体轻飘飘的。

我像是有些醉了,意识慢慢模糊起来。

15

　　一醒来就看见天花板,古旧的天花板。我马上明白这儿不是自己的房间。我抬起脑袋,发现自己躺在榻榻米上,穿着昨天离开工厂时的那身衣服。

　　"哎呀哎呀,你可算是醒了。"

　　我闻声扭头一看,葛西三郎正在刷牙。像是在他家,居然是奢侈的两居室。我慢慢起身,只觉头痛欲裂,大概是宿醉的缘故。肚子很胀,脸上火辣辣的,左眼下面像是肿了一块。看看桌上的闹钟,已经过了七点。葛西大概也在准备去上班了。

　　"昨天,后来怎么了?"

　　葛西一边用毛巾擦脸一边走了过来:"果然不记得啦?"

　　"根本不记得。"

　　葛西一脸为难地挠挠头:"先去冲个澡吧,昨晚太闷热了。"

　　"嗯,好。"我揉着脖子刚要进浴室,忽地瞥见跟前的镜子,不禁大吃一惊。我的左脸肿了,眼睛下面还有些黑。"怎么回事?"我指着镜子问。

　　葛西面无表情地说:"等你洗完再告诉你。"

我舔舔腮帮内侧，果然有点铁腥味。奇怪！我转转脖子。我究竟和谁打架了？或者光是挨了打？

　　我冲完澡，从浴室出来，葛西正在打电话。"嗯，已经起来了，这会儿洗完澡出来了。不，说是一点都不记得了。我现在跟他说。好的，明白了。"

　　放下电话，他叹了口气："是班长。"

　　"班长干吗打电话？"昨晚班长没来喝酒，因为谁都没叫他。

　　"大概是芝田他们说的，也担心酒井的情况呀。"

　　"酒井？他怎么啦？"

　　葛西做了个夸张的吃惊动作："真的不记得了？"

　　"不是说过了吗？别卖关子了，赶紧告诉我。"

　　"不是卖关子，只是不知道该怎么说。简单说，就是你和酒井干了一架。"

　　"干了一架？又是跟那家伙？"我有些扫兴，脑袋越来越疼，"他怎么惹我啦？"

　　"惹事的是老兄你！"

　　"我？没搞错？"见葛西摇头，我又问，"我说什么了？"

　　"简单说就是你的心里话吧，昨晚可让我们听了个够。"

　　"我到底说什么掏心窝子的话了？"

　　"看样子你什么都不记得了。"葛西叹了口气，"你小子把咱们厂的人全给训了一通。"

　　我眼珠子都快掉出来了："全训了一通？这不可能！"

　　"事实就是你说了呀。说我们既没上进心也没工作欲望，只是得过且过，脑子里想的只是怎么随大溜，怎么偷懒，怎么掩盖自己的无能——大概就是这些。"

　　我有些想起来了，的确像是说了那些话。

"你还这么说来着：不顾自己的无能，去埋怨别人积极工作；不能理解别人的工作，就自我安慰说反正人家也成不了什么大事。工作时懊丧自己发挥不了独创性，可实际上一点也不努力，也不想努力提高创新能力。"

我忍不住想喷饭。他不像是在胡说，大概我确实说了这番话。说得还真不赖，没记住当时的情形还真是遗憾。

"最后，你小子又发了豪言壮语，说要改变上班环境，要一扫温暾体制，把厂子变得让偷懒怠工的人难以容身。怎么样，想起来没有？"

"不记得了，大概说过。"

"当然说了！刚开始大伙儿觉得你喝多了都忍着，可也不能一直不说话，终于，酒井火了。你也不记得挨他揍了？"

哦，我摸摸左脸，是被那家伙打了。"只有挨打的份儿，惨呀！"

"只有挨打？"葛西的声音高了八度，"胡说！要不是我们拦住，你小子早把他打死了。"

"我干吗了？"

"不是干吗了，挨打后你马上站起来还手，打在他左眼那儿……"

我看看右手，怪不得食指和中指指根微微发烫。

"大概没料到你会还手，酒井大意了，一下被打翻在地。然后你小子就开始狠命踢，我还以为自己做噩梦了呢！接着你拿起桌上的酒瓶，想往他头上砸，我和芝田他们拼命把你按住。你还不肯放下酒瓶，大叫'这种人渣就是欠揍！'"

"没搞错吧？"我又一次看看自己的手。听他这么说，我记起了一点点，可无论如何都觉得自己不会那么冲动。"真难以相信。"

"这话该我说。"葛西说，"然后你小子就睡着了，是我把你弄到这儿来的，还得阻止酒馆的人去叫警察什么的，累死我了。"

"对不起了，我真那么干了？"

"我也想说那是瞎掰。"

我不得不想了。最近我觉得自信心日增,对事物的看法和以前相比也有很大的变化,但无法解释这种异常行为。

我最近的变化不单是性格的变化?

我不得不面对一直回避的问题——阿惠的疑问:如果把脑全部换掉,那还是你吗?

"喂,阿纯,究竟怎么回事啊?就告诉我一个人也不行吗?最近厂里大伙儿都在厌恶你,你的变化实在太大了,也可以说变得让大家害怕,我也一样。你能不能解释一下,消除我们的不安?"

对于昨晚的疑问,我终于找到了答案。轻狂的矢部以及大家害怕的不是别的,正是我。

我和葛西一起去上班,车间里我们组的工人基本上到齐了。各种机器杂乱地堆着,中间放着一张大会议桌,周围摆着一圈折叠椅。人们坐着,有的打牌,有的边喝从自动售货机买的咖啡边聊天,等着上班铃响。

"早!"葛西跟大家打招呼。几个人条件反射似的回应,之后却跟平时有些不同。大家看到我的脸,表情像冻结了似的,马上把视线挪开,打牌的开始收拾扑克牌,聊天的喝完速溶咖啡把纸杯扔进纸篓,纷纷默不作声地拿起安全帽,脸色阴沉地散开了。

"看来你说的是真的。"我对葛西说。

"不是跟你说好几遍了吗?"他回答。

上班铃响了,我刚要朝车间走去,胳膊被轻轻挡住了。一看,班长像吃了黄连似的一脸苦相。我说了声"早上好"。

"你过来一下。"班长明显不高兴。

进了办公室,走到班长的桌前,芝田已经等在那儿。我刚想打招呼,见他的表情也和班长一样,就只微微点了一下头。

"从芝田那儿听说了,真是大吃一惊。"班长坐下,抬头看着我说。荧光灯照在他的防护眼镜上。

"抱歉惊扰您了。"

"说是同伴间闹事,总算没惊动警察,可差点就出大事了你知道吗?要说酒井揍你一顿还能理解,但正好相反就……"

我沉默着低下头,无言以对。

"这件事就暂且装我心里了。先出手的酒井也不对,不过他也不想把事情闹大。今天他没来,大概下周会来上班。"

不想把事情闹大,大概是不想让其他车间的人知道他被我狠揍了一顿。我也见好就收。

"以后绝不能再有这种事情发生了,再惹事的话,我也护不了你。"

"我会注意。"

"还有,"班长的语调起了微妙变化,"你昨晚说的话我也听说了,虽说是酒后胡话,不少人在意呢。在大伙儿面前道个歉?"

"道歉?我?"我吃惊地抬起头,"暴力先不说,对于我的言论,为什么要道歉?我确实是借着酒劲说的,但认为自己没说错。如果大家不服,那就在不喝酒的情况下正式地讨论好了——当然,非暴力地讨论。"

"别这么来劲!"班长拉下脸来,"我明白你的意思。确实,对你从医院回来后的干劲,我也佩服,同样时间内干的活儿总有别人的两倍。"

"不是我干活儿快,是别人无用功太多。"

"我知道。可是我说阿纯,任何事情很多时候重要的是和别人配合。就拿在马路上开车来说,堵车时不能自己一个人加速,对吧?得考虑和周围的协调——"

"眼下咱们车间与其说像堵车,不如说更像胡乱停车。"

我这说法像是戳到了班长的痛处。他停顿片刻，皱起眉头："你不愿低头？"

"我认为没必要。我是想把工作环境变得更好，为什么要向堕落的人道歉？"

"好吧。"班长厌烦似的点点头，"我不勉强了。但你别忘了，在任何地方都不能一个人生存。"

"有时候一个人更好。"

见他似乎说完了，我说声"告辞"，站起来想走，却又想起了什么，回到他办公桌前。他抬起头，投来询问的眼神。

"我的报告怎么样了？前几天我问了设计部的人，说是好像还没送过去。不是交给上面了吗？"

"哦，那个呀，"班长一脸阴郁，"我还没看。想看来着，总忙这忙那的……"

我觉得自己的脸扭曲了。没看那份报告，就是说——他不会看今后我提交的任何东西。多么怠慢，多么无能！因为太忙？他明明还有时间和女工开无聊玩笑。

无疑，希望破灭的表情写在我脸上。班长脸色难看地摇摇头："你小子变多了。"

"啊？"

"你变啦。原来你小子可不这样。"

又来了。出院后，这话我不知听多少遍了。

"不，其实什么都没变。"说完，我走了出去。头隐隐作痛，一定是昨晚的酒在作怪。

16

　　第二天是星期六,我久违地和阿惠一起上街。我没跟她说厂里的事,免得她白白担心,我自己也不愿想得太深。
　　阿惠这么安排了今天的行程:先是购物,简单吃些东西后接着购物,之后看电影,然后一边聊电影一边正式吃饭。我说,真紧凑呀。
　　"得把空白填上嘛。"穿着无袖衫的阿惠耸耸肩笑了。
　　说是两个人一起购物,百分之九十的时间都花在她选衣服上了。她从数不清的衣架前一头钻进去,在令人眼花缭乱的衣服堆里一件件挑选。
　　当她消失在第二家店的试衣间时,我长叹了一口气,觉得这是在挥霍时间,这么过有什么意义?还不如在家读书。
　　可以前的我从没对此感到痛苦,看着阿惠像时装模特儿般一次次换装,从中挑出最合适的衣服,这曾经是我的一大乐趣。为什么今天会不快乐呢?
　　"这件怎么样?"拉开帘子,阿惠穿着春秋裙出现在我面前。
　　"合适,"我拼命挤出笑脸,"真的很合适。"
　　"是吗?那就当第一备选啦。"帘子再次拉上。

我拼命克制自己，不让蔑视她的情绪流露出来，转而去想自己今天是怎么了，以前从没觉得和她约会不快乐。

就这么逛着商店，路上偶遇隔壁的小伙子臼井。和他一起的是个四十来岁、感觉亲切的女人，他介绍说是他母亲。

我们进了旁边的咖啡店，重新自我介绍。他母亲低头致谢："悠纪夫平时承蒙您照顾。"她像是有事到东京见老同学，顺便来看看儿子。"我想看看他过得怎么样再回去，可这孩子不愿带我去他住的地方。"她说的是母亲理所应当说的话。

"难得来这儿，就不想天天待在那小房间里了。干吗不给我找栋宽敞的屋子呢？"

"你爸爸说年轻时还是刻苦学习的好。"

"太过时啦，这种想法。"臼井把冰茶喝完，小学生似的用吸管去吹杯底的冰块。

什么刻苦学习！我差点笑出来。我光为付那间小屋的房租就千辛万苦了。他花着父母的钱，大学也不好好上，天天跟一帮狐朋狗友厮混，这也叫刻苦学习？真是笑话。

"哟，买东西了呀。"阿惠看见了他们俩放在一边的纸袋。

臼井的母亲点点头："好容易来一趟，我买了个包，给他买了套西服。"

"真羡慕呀，我父母可是很久没给我买东西了。"

"要我说还不如给钱呢。"臼井悠纪夫说，"给钱不就能自己买西服了吗？可老妈就是不听，非要买。"

"不是给你足够的零用钱了嘛，让妈妈买不行吗？"

"品味不同呗，让我挑自己喜欢的不就行了。"

"哎哟，给你买的很合适哟。"

他们母子的对话也让我觉得无聊，我说了句"我们该走了"，便站起身。臼井的母亲想去结账，我拦住她，付了我们那一份。

"都是命啊。"跟他们道别后，我边往外走边说，"生在他那样的家，还是生在我这样的家，并不是自己能选择的。"

"你羡慕他？"

"没觉得。"

这天看的电影是时下热门的娱乐大片，讲的是少年主人公坐时光机冒险的故事。我俩以前就期待这部片子，约好了一定去看。结果我大失所望，故事情节了无新意，人物形象也乏善可陈。电影放了三十分钟我就觉得无聊，哈欠连连。阿惠大概也会失望，我想提出退场，先试探地看了看她的侧脸，却有些吃惊。她正两眼放光地沉醉在画面里，看到惊险的场面——其实也没什么了不起的——就紧握双手挡住脸，看到拙劣的滑稽情节也傻笑不止。不光是她，周围观众的反应大都如此，看起来像是打心眼里在享受电影。我放弃了退场的念头，努力想让自己饶有趣味地看这无聊片子。旁边的阿惠一笑，我也跟着一起出声，可是下一个瞬间，马上觉得自己很惨——为什么要这么愚蠢？

"真有趣！"看完电影，阿惠说了好几遍，吃饭时也是。我附和着，边强装笑脸边动着刀叉。她好像对片子很满意，从头到尾说的都是坐时光机冒险。我听着觉得难受。看同样的东西，却不能和她一样高兴，我很悲哀。

"哎，今天约你出来是不是不合适？"送她回家的路上，她边走边说，"你大概想一整天都在家学习吧？"

"没有的事。"嘴上这么说，我却对她敏锐的感觉暗暗咋舌。我觉得自己已经相当小心了，可拙劣的演技还是被她一眼看穿。但我仍没接受教训，谎上加谎。"今天很开心，真的。"

"是吗？"阿惠微笑着，眼神却像是胆怯的小猫。

和她分手后，我去附近的音像店借了三盘录像带，都是以前看过、觉得百看不厌的片子，可以用来测试。

回到家准备看录像，隔壁闹哄哄的，正想着不知在干什么，有人敲门。开门一看，臼井悠纪夫不好意思地挤着笑脸："刚才多谢啦。"

"你妈妈看起来很温和呀。"

"她挺啰唆的，真麻烦。"他皱起眉头，"你没提我平时的情况真是帮大忙了，我还真是捏了一把汗呢。老妈以为我还像上高中时那样埋头学习，要让她知道我基本不去学校，以后的生活费恐怕要成问题了。"

原来如此。

"这个，小小意思一下。"他递过手里拎着的白兰地。

我觉得自己的脸在绷紧："你不用这样。"

"别推辞了，收下吧。我爹妈不定哪天还来呢，到时也得请你帮着糊弄。"他把酒放在门口，"再说也不是我的酒，上次回老家蹭的。"

"哦？"我压抑着不快，低头看看酒瓶，"你那儿很热闹呀，在干吗呢？"

"啊，不好意思，哥们儿来了，在拍卖呢。"

"拍卖？"

"今天老妈给买的西服，不合我的品味不想穿，就叫哥们儿过来，想让他们出个高点的价买走，其实最多大概也就卖个一万块吧。"

"一万块……多少钱买的？"

他歪歪脑袋，若无其事地说："老妈刷的卡，不太清楚，大概十万左右。没事，做父母的为孩子花钱就是一种满足。我走了啊。"

一股强烈的憎恶涌上心头。

几乎在他出门的同时，我从旁边的橱柜抽屉里拿出水果刀握在手里，另一只手拧开门把手。

这时，电话铃响了。

我回过神来,把水果刀扔到厨房流理台上,像扔掉了什么不祥之物。我没法解释刚才的内心活动——我想干吗?

电话还在响。我调整了一下呼吸,拿起听筒:"喂,我是成濑。"

"是我。"阿惠的声音。

我全身乏力。"什么事?"

"嗯,没什么。"片刻沉默后,"就是想听听你的声音。"

"听到我的声音满足啦?"

"嗯,满足了。挂了啊,今天很开心。"

"我也是。"

"晚安。"

"啊,等等……"

"怎么了?"

"谢谢。"

"谢什么?"

"谢谢来电话。"

她似乎很困惑:"你好奇怪。"

"没什么。晚安。"

"晚安。"

放下电话,我发了好一阵子呆。一点自信都没了,只好试验。

我慢慢站起来,拿过装录像带的袋子,把最喜欢的那盘放进录像机。是个侦破片,场面大,人物刻画也很棒。可看了约二十分钟,我发现自己一点也不兴奋。这并非因为已经知道故事情节,知道了也觉得有趣的才是经典片子。我换了一部科幻大片,还是一样,看到以前喜欢的特技镜头也没什么感觉。我把最后一盘放进录像机,是个老片子,公认的青春故事佳作。结果仍然一样,大概任何佳片如今对我来说都是充满虚构的无聊电影了——以前看的时候我可是会泪流满面。

关掉录像,我看着空白一片的屏幕发呆。毫无疑问,我的内心在起变化,现在的我显然不是以前的我了。

现在的我究竟是谁?

17

　　星期天的大学校园也有人,但没有了我住院时祥和热闹的气氛。人们行色匆匆,在这样的暑天仍穿着白大褂,脸上一副顾不上天气炎热的表情。人们星期天来大学各有重大理由,如同我一样。

　　进了研究室,橘小姐笑脸相迎。看到她的表情,我不觉一怔,她的脸上有种光彩——这在我出院时也感觉到了。间隔十几天,这种光彩似乎有增无减。

　　"重返社会感觉如何?"她的语气充满亲切感。此刻我不想让她不安,就模棱两可地回答"还行"。大概是我说得有些不自然,她顿时面露狐疑。

　　她把我带到另一个房间,若生已经等在那儿。照例问候之后,他马上开始心理测试和智能测试,橘小姐在一旁做笔记。若生仍然面无表情,可能那是试验者的方式,可我觉得自己纯粹被当成了测试材料,不大舒服。

　　"通过重复这些测试,也能看出人的性格?"心理测试时我问道。

　　若生变换了一下虚无的表情,回答:"是的。"

　　"不能让我看看结果吗?"

"看结果？"他瞟了一眼橘小姐，"为什么这么问？"

"我想知道。想知道自己现在是怎样的人，如果可以，还想看看我以前的资料。"

他使了个眼色，橘小姐出去了，大概是去向堂元博士汇报。我确信自己扔出的石头像预料的那样激起了涟漪。

"下次测试之前我考虑一下。"他说完接着测试。

结束后，他让我去教授的房间。橘小姐正和教授说话，我一进去，她随即离开。

"有什么烦恼吗？"博士让我坐在沙发上，他坐在对面问道。他的语气很轻松，我却觉得意味深长，不知是不是自己多心了。

"不如说是疑问。"

"嗯，是什么？"

"副作用。"我单刀直入，"脑移植手术没有副作用吗？"

"副作用？"像在思考这个词的意思，博士重复了一遍，"这要看具体情况了，条件不同，结果也不同。"

"我呢？有产生副作用的可能性吗？"

"你的情况，"博士看似在慎重考虑措辞，慢慢舔了舔嘴唇，"我们预想不会有副作用。我以前跟你说过，你和捐赠者的脑神经细胞配型很理想。就像是给机器装上了纯正的配件，应该不会有不协调的感觉。你也没有头疼或产生幻觉，对吧？"

"确实没什么不协调感。可……总觉得哪儿不对劲。"

"是什么？"

"和以前的自己不同……性格、爱好什么的，想法也是……"我如实对他说了这一星期发生的各种事，主要是上班的事，还有和阿惠约会时感觉到的一些变化。我隐瞒了两点，一是对阿惠的感觉，二是对臼井起了杀心。

"嗯,"博士探过身来,想窥探我眼睛深处,"大概是长时间与世隔绝的缘故。不光是你,结束与病魔作战的生活、回归社会的人,会以不同于以前的态度来看世界,这不奇怪。"

我摇摇头:"不是一回事。我出院后还一次都没拿过画笔,不,拿是拿过,一点都画不了,完全没有灵感。您看过我的素描本吧?应该能看出笔法在变化。我内在的变化从住院时就开始了。"听我说到画画,博士陷入沉思,像是在找一个合理、乐观的解释。我继续问:"是不是可以认为,是移植的部分产生了影响?"

他像突遭猛击似的睁开眼,扬起眉毛:"你说什么?"

"捐赠者的脑,您不认为是它影响了我的脑吗?"

"为什么会这么想?"

"关于脑移植,昨晚我想了一晚上。我的一部分脑因事故受损,便移植了别人的,也就是捐赠者的脑片,对吧?"

博士沉默着点点头。

"我不知道那是整体的百分之几,假设是百分之十,姑且算我的心还能维持原样。但要是把比率提高到百分之二十,我的心仍然没变化吗?接着上升到百分之三四十,如果我原来的脑只剩百分之一,而捐赠者的脑占了百分之九十九,还能说那样的脑所控制的心仍是我自己的吗?我无法这么认为。虽说不能跟脑移植的量成正比,但我想应该会产生相应的变化。"

这是我冷静思考了以前阿惠无意间说的话之后的想法。她问过,如果你的脑全部换掉,那还是你吗?

"你这种想法有本质上的错误。"博士说,"第一,脑移植不是修补损坏的混凝土墙,移植的可能性存在着界限,完好保留相当的部分是前提条件。第二,所谓的心并不是脑细胞本身,它是电波交换产生的结果,所以极端地说,即使你的脑袋里装的完全是别人的脑,只要电波程序是你自己的,就可以说还是你自己的心。"

"用一个人的脑可以组装另一个人的心电程序?"虽然有点偏离主题,我还是吃惊地问。

"以现有的科学水平当然不可能,但脑移植不是这个层面的问题,它只不过是因为进行电波交换的脑的一部分受损,用别人的脑片来取代,去恢复原来的程序而已。程序包含心的功能。"

"可移植的脑片不一定和原有的那部分脑起同样作用吧?我倒觉得,有差异是理所当然的。"

"大概会不一样。"博士淡然承认了这一点,"但这种差异不至于改变程序——我说的是移植可能范围内的情况。也许会产生一点细微变化,但我认为它们不会表面化。"

"根据呢?"

"平衡感觉。人脑具有的平衡感觉令人吃惊。我想你也知道,人有右脑和左脑,分别有着运行不同意识程序的记忆容量。事实上我们知道,做脑分离手术会产生不同意识,但左右脑在被脑梁这一纽带联结时,意识会达到统一,因为两者的程序会协调合作,微小的脑部位变化会被抵消。"

"那能说是微小变化吗?移植可能的界限真的没有多大?"

"现有技术条件下是这样,关于这一点,大概今后也不会有显著进展。"

我不是理解不了博士的解释,但还是无法释怀。他说的固然有道理,但事实上我已注意到自己的变化,这些变化绝不是环境变化造成的,也不是错觉。

我稍稍换了一下问题的角度:"先不说移植脑片的影响,以前没有因事故或脑手术给患者的精神带来影响的例子吗?"

博士双手抱臂,盯着天花板看了一会儿,说:"这个,是有的。最好的例子就是脑白质切除术——大概说最坏的例子更合适——确切地说叫前额叶白质切除术。手术很简单,就是在额头一侧开个小口,切断某个神经纤维,这种手术用在精神分裂症患者、行动异常者或疼痛剧烈的癌症晚期患者身上。手术后患者的精神状态会变好,疼痛感会变迟钝,但另一方面,会带来积极性减弱、与人交往产生障碍、过度兴奋等人格变化。现在这一手术已被废止,它可以说是无知导致的失败。除手术外,还有因事故导致头部受伤而产生性格变化的例子,听说有一个勤奋、温和的男子因爆炸事故摘除了前额叶之后,变得暴躁、冲动、不自信了。"

"不能保证这种变化不会在我身上发生,对吧?"

"我不能保证,但我想不可能发生。"博士挺了挺胸,"刚才说的例子,都是因为脑原本的状态起了变化才发生的情况,而你的脑保存着完好的形态。我可以自信地说,这世上至少有五万人的脑都不如你的完整,却相信自己是正常的。"

"但我的脑动过刀子,就算极微小也还是有可能发生变化吧?"

听我这么说,博士面露难色:"科学家不能说可能性为零,即使它无限接近零。"

"无法解释我最近的心境变化吗?"

"不能。不过你刚才说得挺好,心境变化——没错,就是它。就算没做手术,它也会如神的启示一般出现。"博士说到这儿,桌上的电话响了。他拿起话筒说了两句,转身问我:"我可以离开五分钟吗?"

"请便。"

他出去之后,我琢磨着刚才的话,觉得他撒了谎。很奇怪,身为实验对象的我在叙述重要信息,他却毫不重视。我很难理解身为科学家的他竟然持这种态度。

我从沙发里站起来,走近他的书桌。书架上摆满了专业书籍和文件夹，大概拿过来看也不知所云。

我的视线停在一个似曾相识的薄文件夹上，便抽出来打开，果然，里面记载着给我供脑的捐赠者资料。对关谷时雄这个名字我还有印象。我从纸篓里捡起一张废纸，记下了关谷时雄的有关信息，特别谨慎地抄下了他的住址和电话号码。

不许打探捐赠者的情况——这是堂元博士的命令，但现在的情况已经不容我多想。

博士回来了，刚好五分钟。这时我已经坐回原处。

"若生把你的测试结果进行了电脑分析。结论是，非常正常，丝毫不用担心。你还是原来的你。"他并没显得多得意，只是点点头，一副意料之中的表情。

"能让我看看分析结果吗？"

博士略显惊讶地皱起眉头："不相信我们？"

"我只是想亲眼证实一下，心里很不安。"

"没必要。再说就算看了你也理解不了，只是罗列着一堆枯燥乏味的数字。我也不是不明白你的心情，这样吧，我们会把它整理成你能明白的形式。"

"拜托了。"我微微点头，抬起眼睛看他。四目相对的瞬间，他躲开了视线。

【堂元笔记 5】

　　七月一日，星期日。
　　必须尊重测试结果，这是科学家该有的态度。
　　成濑纯一的人格发生了变化，这无论从哪个角度来看都显而易见。我们正在构建理论来解释这种变化。
　　与初期阶段相比，心理测试和性格测试的结果都有了很大变化，本人觉察症状也是理所当然。
　　问题是今后怎么办。我们的理论尚未成熟，很大程度上得根据电脑分析去推测。未来不可预测。
　　成濑纯一正在变身。

18

久违地有了面朝画板的欲望,却并非想画画,而是想着这大概是回到原来的自己的一个契机。事实上这非常痛苦,曾经那么让我快乐的事,现在却只能让我心生焦虑——意识到这一点,又生新的痛苦。

我画的是定格在窗框里的夕照和窗边杂乱的书桌。并不是这样的景象吸引我,只不过没找到其他可以画的对象。什么都行,重要的是拿起画笔。

这周已经过去了四天,至今为止表面上平安无事。上班的日子暂时也还太平,这大概是因为大伙儿都躲着我,自己也尽量不和别人接触。

这几天我明显神经过敏,在意别人的一举一动。在厂里看到别人懒散怠工或听到不可救药、俗不可耐的对话,心里会无明火起,恨不得用扳手或榔头狠砸他们的脑袋。为什么我会这么在意别人的缺点呢?

可怕的是这种想法有可能变成现实。我也不敢保证哪天会不会再产生想拿刀刺臼井悠纪夫那样的冲动。

前几天从堂元博士那儿回来的路上,我去图书馆借了几本书,都是关于脑和精神方面的。这几天,睡前的两小时我都在看这几本书,想探究自己身上出现那些情况的缘由。

比如，昨天看的书里这么写道：

> 过去人们相信脑里存在着神或灵魂等超自然的东西，它控制着人，但事实上脑只由物质构成，脑的一切功能应该能用物质的相互作用来解释，这一点与电脑没有区别，只不过电脑的基本功能是对命题给出一对一的答案，而人脑从理论上说是不完全的粗略的系统。可以说，这一区别才是人脑创造性的原点。此外，因为构成脑神经系统的神经细胞具有可塑性，学习和经验会改变神经系统。而电脑所具的学习能力仅限于软件范围内，硬件自身不会改变。也就是说，人脑和机器最根本的区别在于，人脑为了发挥机能，会让自身产生变化。

变化——这个词在我心里回响，用这个词表达自己现在的状况再合适不过了。变化，而且是无可名状的巨大变化。只是，这变化因何而起——对这个疑问我还没有找到满意的答案。过去还未曾有过我这样的临床病例，所以书上也找不到答案。

可我不能坐视不管，必须找到突破口。画画这一招虽说幼稚，也算是可行的对策之一。

但……我看着画板发呆。手在动，却没有从前那样的热情，这是为什么呢？当画家这个从前的梦想现在好像已经和自己无缘。

我放下铅笔，从书桌抽屉里拿出一张纸，上面写着在堂元博士房间里抄来的捐赠者住址和电话号码——关谷时雄，他父亲好像在开咖啡馆。

堂元博士否定了，可那个问题总在我脑中挥之不去——捐赠者的影响。如果性格爱好不再像原来的自己，最合理的解释就是它们来自捐赠者。对于这种可能性，我无法像博士那样一笑了之。

我要去关谷家看看。了解一下关谷时雄，也许会明白些什么。

收起纸条，我再次拿起铅笔。不管怎样，现在把能做的都做了吧。

我强打精神，总算把简单的素描画完。这时，门铃响了。

是阿惠。"晚上好。"她笑吟吟的。

"晚上好。"我一边说一边感觉到困惑。好多天没想和阿惠见面，是我现在的真实心情。脑中浮现出上周六约会时的情景。我希望感觉不到以往的快乐只是在那一次——大概是这种心理在作怪，我爱理不理地脱口而出："什么事？"

刹那间，她的笑容从脸上消失，眼神开始摇晃。完了！我这么想的时候已经晚了。果然，她说："也没什么事……就是来看看你。打搅你了？"

我后悔了，真是失言了。为消除她的不安，我不得不强装笑脸。"没有的事。我刚好在休息，也正想见见你呢。实在是太巧了，所以吃了一惊。"我对自己能这么言不由衷而感到厌烦，不能说得更自然些吗？"你还好？"

"嗯，挺好。工作有点忙，这两天都没跟你联系……能进去吗？"阿惠把两手背在身后，探头看向屋内。

"啊，进来吧。"

她一进屋，马上注意到了画板。"呀，你在画画哪。"

"只是消遣，不是认真在画。"这么找借口是因为前几天我跟她说过，自己最近不画了。

"开始画不一样的东西了呀。"她盯着画板，"你说过不喜欢风景画的。"

"所以说是消遣嘛，画什么都一样。有花瓶就画花瓶了，不巧我这儿什么都没有。"

"是吗?"她的笑容有点僵硬,"构图很怪呀,并不是在真实描绘窗里的风景和书桌。"

"也是没来由的。"我回答。确实,就我而言画法很怪,画板右侧画着书桌的右半边,到中间书桌就消失了,而画面左侧画着窗里的风景,窗子也只有右半边,左边缺失。

"新尝试呀。"

"也没那么夸张。"我边说边把画板连同画架移到墙边。

阿惠在厨房弄了冰茶,把放杯子的托盘搁在屋子中间。我俩围着它相对而坐。

"厂里有什么稀奇事吗?"

"什么都没有。"

"哦……对了,我那儿今天来了个奇怪的顾客。"像往常一样,她的话题从画具店开始,说起行为奇怪的顾客。看她笑得前仰后合,虽没怎么觉得有趣,我还是跟着强装笑脸。

"还有,昨天……"

话题转向电视和体育。她的话仿佛树枝一样四处伸展,又像念珠似的紧紧连成一串,既没有统一性,也没有中心——大概从来就没有过。我渐渐开始烦躁,嘴上附和着,可跟上她的思维实在困难。年轻姑娘都这样?

回过神来,她正默然盯着我的脸。

"怎么了?"我问。

"你是不是有什么想看的电视节目?"她反问。

"没有啊。怎么了?"

"还说呢。"她瘪瘪嘴,"你光顾着看时钟了。"

"哦,是吗?"

"是啊,你都不知看了多少次了。为什么那么在意时间呢?"

"无意识的,我没想在意啊。"我伸手把桌上的闹钟转了个面。看时间确实是无意识的,但心里想着她什么时候回去却是事实,这事实让我灰心。"没什么,真的。"我拼命挤出笑容,"来,接着说,说到哪儿啦?"

"这不说上次那本书呢嘛。"

她又开始了,我强迫自己集中精神去听,绝不能想别的事。我得这么想——这样和她共度的时光,对自己来说是宝贵和有意义的。

"我这么说,大概你又要批评我太投入了,不过是书里的情节而已。可我不这么想,读书是一种模拟体验,当然会去思考。那个主人公的活法就是独善其身……"

幼稚的理论,无聊,浅薄,听着让我痛苦,但我得努力忽略这种痛苦,不能失去爱她的感觉,要珍惜她的一切,包括她说的每一句话。

突然,我觉得难受,她的声音像是从远处传来,她的嘴唇像个独立的活物似的在我眼前蠕动。我用力握紧喝完了冰茶的玻璃杯。

"对了,我跟她说起上次看的电影来着。我知道她是迈克尔的影迷,还是跟她说,怎么说演高中生也太勉强了。可她说,你别说了,我就是不想看他硬要装嫩才忍着不去电影院的。大家都笑死了……"

我开始头疼,不舒服的感觉直逼过来,耳鸣,出冷汗,全身发麻,肌肉僵硬。

"……她可真行,看到迈克尔皱纹明显的镜头就眯起眼睛,说是这样看起来就模糊了——"

那一瞬间,我俩中间传出尖厉的声音。她张着话说到一半的嘴,呆呆垂下眼帘。我也低头去看。

玻璃杯碎在我手里,我捏碎了它。冰茶已经喝完,融化的冰块濡湿了地毯。玻璃碎片戳破了我的手,鲜血从伤口中流出来。

"不好,得赶紧处理!"她猛醒过来,"急救箱呢?"

"在壁橱里。"

她拿出急救箱，仔细检查了我的手，消毒、上药，最后缠上绷带，问道："究竟怎么回事？"

"没什么，太使劲了。"

"这东西可不是那么容易就碎的呀。"

"可能有裂缝，我没注意。"

"太危险了。"

给我包扎完，阿惠开始收拾玻璃碎片。她一低头，褐色的头发垂到有雀斑的脸颊上。看着她的侧脸，我说："抱歉，今晚你回去行吗？"

她的表情一下子凝固了，像个服装模型。她慢慢地把视线转向我。

"我有点不太舒服，"我接着说，"大概是上班累着了，觉得头也很重。"

"怎么了？"

"不是说累了吗，最近有些勉强自己了。"

"可是，"她表情严肃，"这样我就更不能不管你了。我今天可以住在这儿，明天不用太早。"

"惠，"我看着她的脸，轻声说，"今天，就算了。"

她的双眸马上开始湿润，但在泪水盈眶之前，她眨了几下眼睛，摇摇头："是呀，你也有想一个人待着的时候。那我把玻璃碴儿收拾了再走，太危险了。"

"不，我自己来收拾。"她刚想去捡碎片，我就抓住了她的手腕。大概是我的动作太粗暴了，她看起来有些害怕。我赶紧放开她的手。

"好吧，"她放下捡到手里的碎片，站起来，"我回去。"

"我送你。"

"不。"她摇着头穿上鞋，伸手拉住门把手，又回头说，"有一天你会告诉我的，对吧？"

"啊？"我一愣。

"会告诉我的，对吧？一切。"

"我没什么瞒着你呀。"

她摇了两三下头，像在哭又像在笑，说了句"晚安"便消失在门外。

我一动不动，直到她的脚步声消失。我捡起玻璃碴儿，仔细擦过地毯后又开动吸尘器。想起刚才歇斯底里的行为，我很沮丧，那种冲动究竟是什么？难道阿惠做了什么让我想捏碎玻璃杯的事吗？她只是想和我开心地聊天。

"俺不正常。"我故意说出声来，觉得这样可以让自己客观地接受现实。可我马上奇怪地发现，不知为什么，我用了平时从不说的"俺"字。无法言说的不安向我袭来。

我脑中浮现出昨晚看的书中的一段——脑会改变自身……

显而易见，我的心在变化。

阿惠，我曾经爱着你，可现在，爱的感觉正在消失……

【叶村惠日记 3】

七月五日，星期四（阴）

独自一人的屋子，难以言表的寂寞。

阿纯什么都没变——为证明这一点，我去了他那儿。在那儿见到的是以前的他绝不会画的奇怪的画。

我讨厌去想不祥之事，假装兴高采烈，把能想到的高兴话题都扯了出来，但他的目光越过我的身体，凝视远处。我的悲情戏和玻璃杯一起破碎了。

得赶紧，没时间了！可是该赶紧做什么呢？

19

第二天是星期五，下班后，照着地址，我很快找到了关谷家。对着车站前分岔的小路，有一家叫"红砖"的小小咖啡店，木门旁挂着写有"关谷明夫"的牌子。

推开门，头上的铃铛叮当作响。我觉得这是家怀旧的小店。

除了吧台，店内只摆了两张双人桌。店面很小，要走到桌前都得擦着坐吧台椅的客人的后背过去。墙和吧台都是木头做的，让人觉得它们吸足了咖啡的香味。墙上随意装饰着古旧的餐具，典型的咖啡店的样子。

只有两个客人对坐在里头的小桌前。

吧台里是个白发瘦男人，髭须也白了。我坐在他对面说了声"混合咖啡"，他只微微动了动脖子，然后默默干活儿。

咖啡端上来，我喝了一口，切入正题："您是关谷时雄的父亲吧？"

他的嘴张开一半，眼里露出怀疑："你是……"

"东和大学的，在堂元教授手下做事。"这是事先想好的谎言。

他顿时睁大眼睛，又马上低下头，眨了好几下眼："有什么事？"

"我想问几件关于时雄的事情。"

"我和东和大学没来往。"他开始用抹布擦起吧台。

"不必隐瞒，我知道一切，才来问的。"

他抬起头想说什么，又低下头去。

"事关重要，关系到移植了时雄的脑的那个人的一生——"

我说到这儿，他压低声音道："你别说了。"说着瞟了一眼坐在桌子那边的客人，"别在这儿说这事好吗？"

我呷了一口咖啡："那我再等会儿。"

他貌似不悦，但没说要我走之类的话。

看着在吧台里头洗餐具的关谷，我想，自己的脑的一部分和眼前这个人并非无关。一想到现在自己的性格可能来自这个男人的遗传，一种莫名的感觉油然而生，可又对自己从他身上感觉甚少觉得失望。虽没什么科学根据，我觉得既然脑的一部分有共通的因子，相互间会有某种感应。可无论我怎么看这个一头白发的瘦弱男人，都没有那种感觉。

过了一会儿，那两个客人出去了。我确认门已经关上，看着自己的咖啡杯，喝完最后一口，又要了一杯。

"听说他出了交通事故，被夹在汽车和建筑物中间。"

他又倒了一杯咖啡，微微咂了咂嘴："开太快了。人生才刚开始，却迷上汽车这种无聊的东西……"

"他好动吗？"

"好动？也不是。"他坐在吧台对面的一张椅子上，"他像是爱闹腾，其实出奇地胆小。有那种一上车就变得胆大的人吧，他就属于那一种。"

"他是专心学习工作的类型吗？"我这么问是因为自己最近的性格变化。可他的回答出乎我意料。

"学习？时雄吗？"他耸耸肩，"很遗憾，这你可猜错了。除了应付考试，我没见过他看书，一天到晚和朋友四处玩，好在不去干坏事，所以我还算放心，就是这样。"

"他对什么着迷？"

"说起来算样样通样样松吧。没常性是他的缺点，什么东西都浅尝辄止，也做过志愿者，可半年就放弃了。"

"哦？"我含糊地点点头，端起杯子。跟我想象的不一样。可以说他描述的是现在的我最讨厌的类型。

"你想问什么？"他面露怀疑，"手术时，不是你们说对时雄提供脑源这事要绝对保密吗？不是说好绝不给我们添麻烦，今后断绝一切联系吗？现在又是怎么回事？"他像是又想起了什么，"刚才你说的很奇怪，说是关系到移植了时雄的脑的那人的一生什么的……那个病人怎么了？"

"刚才说得有点夸张，"我假笑着，"只是关于时雄的信息不够，想做点补充。那个病人嘛……"我舔舔嘴唇，"很好，很正常，目前没有任何问题。"

白发男人依旧目光狐疑："哦？那就好。虽说人死了就完了，可把身体的一部分拿走给别人用，对亲属来说不是什么愉快的事。"

"没想过拒绝？"

"没办法，是他本人的意愿。好像是他做志愿者时填的资料，像是叫什么器官捐赠者，死后提供身体的一部分。他平时也跟我们说过，假如他死了，要按他的意愿做，我们也没反驳，可做梦也没想到会成事实。"

我喝完第二杯咖啡，问他有没有佛龛，他回答说没有。"我家不信宗教，只有这个。"他用拇指指向后面架子上放的小小镜框，里面放着一个年轻人笑着的照片，像是关谷时雄。

"笑得真好，"我看着照片说，"他看起来招人喜欢。"

"嗯，他人缘不错。他虽毛病不少，但对朋友一直很重感情，不喜欢和人起冲突，经常把想法藏在心里。好像自上学以来，这家伙就没跟人吵过架。"

听着他的话，我觉得不对劲。关谷时雄的性格倒像是手术前的我。那么，我最近的性格变化并非单单是向捐赠者靠近。

我又问了几个问题，关于关谷时雄的童年、兴趣爱好等等。没有任何东西能跟现在的自己联系在一起。问起绘画，也是"说不上特别喜欢，也不讨厌"。

没什么可问的了，我作势起身："您说的给了我们不少参考，谢谢。"

"没什么可谢的，很久没谈起时雄了，挺高兴的。"他不好意思地笑笑，说，"可以问个问题吗？"得到肯定回答后，他沉思似的看看天花板，"复杂的东西我也不懂，时雄的脑究竟怎样了？"

"怎样了……您的意思是……"

"就是说，"他似乎没法准确表达想法，有些着急，皱着眉头敲了好几下太阳穴，"时雄的脑活着吗？它活着，对吗？"

"这个……"这看似朴素却难以回答的问题，也是我无法回避的问题。究竟怎样？时雄的脑活着，还是已经不是他的脑了？心脏移植、肝脏移植的情况会怎样？我不知所措，最后说了让这个父亲满意的答案："应该说活着。时雄和那个病人一同活着。"

他看起来舒了一口气。"是吗？可以认为他活着……"

"告辞了。"这回我真的站起身来。

"谢谢你告诉我这些，我稍微轻松了一些。听说是移植给了和时雄差不多年纪的男子，就是说能有差不多长的寿命。"他眯起眼睛，像吃了一惊似的看看我，"年纪差不多的男人……你……莫非你就是那个病人？"

我犹豫了一下，想是否要说出真相，但马上回过神来摇摇头："不，不是。我在东和大学上学，只是个学生。"

他仍目光炯炯。过了一会儿，像是缓过劲儿了，他移开视线，叹了口气："没错，不是你。"

他的语气让我奇怪，我看着他的脸。

"不是你。"他重复了一遍，"要真的是你，我会知道。会有那种……叫感应，对吧？过电似的感觉。没什么根据，但我觉得会有那种感觉。我从你身上一点也感觉不到。"

"嗯，我也没感觉。"

"见到那个人，能替我问候他吗？请他好好用时雄的脑。"

"我会转达。"我点点头，径直走出店门。外面下着雨，打湿的地面上反射着霓虹灯光。

我自言自语：总有哪儿不对……

20

第二天晚上,我去了大学的研究室。到得比约好的时间早了些,屋子里只有橘小姐。我在椅子上坐下,看着她忙碌地一会儿摆弄电脑,一会儿整理资料。从没见过她身穿便装的样子,不知为什么,她身着白大褂也能令人觉得女人味十足。这也许不单因为容貌,更来自她身上透出的那份对事业和生活的自信。当然,她很有女性魅力——当我瞥见她白大褂下露出的膝盖,会不由得怦然心动。

我看着她的侧脸,想着她到底像谁。一定是以前看过的哪部电影的女主角,一个有名的外国女演员,可怎么也想不起来。

像是注意到我在盯着她,她转过脸来:"我脸上有什么东西吗?"

"啊,没有。"我摇摇头,"我想问你个事。"

"什么?"

"我住院期间你一直照看着我,对吧?能实话告诉我吗,最近对我有什么印象?"

"什么印象?"

"你不觉得我跟刚住院时相比有变化吗,性格呀行为举止什么的?"

她交叉着纤细的胳膊,袖子卷着,微微歪着头看着我,脸上浮起笑容:"我觉得没什么变化。"

"哦?不可能。为什么不能跟我说实话?"

"我说的是实话呀。为什么这么说?"

"我差点杀了人。"

她的表情如定格般呆住了,然后无奈地盯着我的脸,天真地笑了:"骗我的吧?"

"很遗憾,是真的。"我说出对臼井悠纪夫起杀心的情景。

听完,她深呼吸了几下,让心绪平静下来。"我不是很清楚当时的情况,不能解释得很明白……我觉得对那个学生发怒不能说是异常的心理活动,老实说,我看到那样的人也会生气,换个急脾气的也许会用暴力手段。"

"我不是急脾气,至少手术前不是。"

"我明白你的意思。但性格本来就是变化的,沉睡在意识下的东西有时候会在某一天突然表面化。平时温顺老实的人,穿上球衣一站到赛场上就变得攻击性十足,这在体育界并不少见,对吧?"

我咬着嘴唇:"你是说我本来就有杀人的潜质?"

"不是这个意思。你要知道,谁都不是完全了解自己的。"

"就算我不了解自己,了解病人的症状总是医生的义务吧?博士和你们在研究我的脑,却又对我的症状漠不关心,这让我无法理解。"

"不是不关心,只是冷静。精神状态稍有不平衡就联系到脑功能,这未免太简单了。关于你的脑,我们进行了大量细致的检查,得出的判断是没有异常。"

我用拳头轻敲脑袋:"我觉得自己异常,没有比这更确定的了。我曾想是不是受了捐赠者的影响,可看来事实并非这么简单。"

我能看出来,听到"受了捐赠者的影响"这句话,她倒吸了一口气。"什么意思?"

"就是——我刚才说的暴躁,在捐赠者身上也没有。"我说了去见关谷时雄的父亲、调查时雄的事。

她表情惨痛:"为什么去找他?不是说了不能关注捐赠者吗?"

"在目前的情况下那些都是废话,若什么都不做,我坐立不安。"

她像强压头疼时那样,用指尖使劲摁着太阳穴:"现在你明白了吧——没从捐赠者那儿受到任何影响。"

"我不明白。只是完全感觉不到和他父亲有什么牵连。"我把手伸进头发,使劲挠了一通,然后停下手,观察着她的表情说,"不会……搞错了吧?"

"搞错?"她皱起眉头。

"捐赠者。我见过关谷时雄的父亲后一直在想这个问题……"我舔舔嘴唇接着问,"关谷时雄真的是捐赠者?"

她顿时失色,张开嘴,隔了片刻才出声:"你说什么?为什么要怀疑?"

"直觉。觉得捐赠者另有其人。"

"那是错觉,不可能的事!再说了,我们为什么要骗你?"

"原因我不知道。"

"你说的是傻话。"她像赶苍蝇似的在脸前晃晃手,"刚才的话我就当没听见。好了,到时间了,我去叫若生。"

她逃也似的出去了。她狼狈不堪是因为被揭穿了真相,还是因为听到了意料之外的假设,现在我还无法判断。

时间到了,照例是那些测试,进行测试的照例是若生助手。没看见橘小姐。

"测试结果是,一切正常,对吧?"测完后,我讽刺道。

他不会没听出我的讽刺,但面不改色:"要看电脑的分析结果,结论大概会像你说的那样。"

我一脸厌烦:"我可以自信地告诉你,假如你们没在撒谎,那就必须重新考虑测试方法。这种方法根本没用,或者是电脑出了毛病。"

"人和电脑都可信。"他照样面无表情,"但不是一切都能测试,所以要定期进行补充测试。你到这边来。"

我照他说的走进隔壁房间,里面放着个电话亭般的大箱子。我记得这装置,手术后不久我进去接受过测试。

"听觉测试?"

"差不多,事实上还能了解其他一些东西。"

他示意我进去。里面有椅子,前面有个带开关和按钮的机器,机器上连着导线,一端有耳机。

我照着他的指示戴上耳机,开始测试。这是有关声音的各种测试:让我听两种音判断高低、强弱、长短,比较音色,指出两段旋律的不同部分,最后把几种不同节奏的音乐分类。这些测试都不难,只要是耳朵正常的人都没问题。

"不要跟我说测试结果良好,一切正常。那是在骗小孩。"从里面出来后,我指着他的胸口说。

他像是在想什么,沉默片刻后看着我的脸,问:"太简单了?"

"我记得以前测试的题目更难,改变难度不公平。"我抗议道。

他还是一副模棱两可的表情,让人着急。他吸了一口气:"当然,这只是一个数据,不能作为判断你是否正常的材料。"

"那就好。"我点头。

测试结束后,我走进堂元博士的房间,他正在书桌前敲电脑键盘。旁边有个没见过的男人,矮个子,长着和身体不相称的大脑袋,秃得精光。

"脸色不错呀。"堂元博士兴高采烈地迎上来,"最近有什么变化吗?"

"幸好没有。"

"哦,就是说顺利回归社会喽?"

"不是。上次说过了,我依然觉得自己的性格爱好在变,甚至感觉更强烈了。"

博士脸色一沉:"说具体点。"

"就是说……"我欲言又止,因为有外人。

大概觉察到了我的心思,博士笑着点点头:"忘了介绍,这位是我的朋友,心理学家光国教授。"

"心理学?"

"他是心理学权威。"

小个子男人从椅子上站起来跟我握手。他站起来跟坐着时身高差不多。

我边握手边看堂元博士:"您搬救兵来了?"

"有这层意思,对你也有帮助,这些以后慢慢说。你不用介意他在这儿,他会保密的。"

我看着眼前这个看似满脑智慧的男人,他看我的眼神就像爷爷在看孙子,让我略感不适,但我还是接过刚才的话题。"我越来越厌倦和别人接触。看看周围,几乎没有可以相信的人,看谁都是无聊的庸俗之辈——以前我可从没这么想过。"

堂元博士惊讶地张着嘴,光国教授也是一样的表情。

"之前我也说过,这只是心境的变化。年轻时总会醒悟几次。"博士重复着套话。

我烦躁地摇头:"绝不是什么心境变化。"

"哦……"博士用小拇指挠挠脑门,"对了,你好像在怀疑是受到了捐赠者的影响?"

"只是当成一个假说来问问,我也不是确信无疑。"特别是在对关谷时雄做了调查之后——我没有强调这一证据。

"就是说,现在你不这么想了?"

"我不知道,所以才来向您咨询。"

"哦。"博士站起来,拿了两张纸放在我面前,上面画着几十条横线,"上周说好的,我们把你的测试分析结果用明白易懂的形式整理了一下。比如,'内向性'一项旁边画的线,长度表示程度。这两张纸,一张是你最近的测试结果,另一张是手术后第一次测试的结果,你对比一下看看。"

我双手各拿一张看了看,心理测试和性格测试并没呈现出大的差异,多少有点起伏,但并不明显。

"我们的测试能感知你内心潜在的部分。看测试结果,没发现你自己感觉的性格等方面的变化。这儿还有一个日本人的平均值数据。"他又递过来一页资料,"看这个就知道,你有着极其普通和正常的人格。有点偏内向,但这点个性不足为奇。怎么样?"

我摇着头把三页资料放在桌上:"光给我看这些数字,我完全不能理解。"

"是你提出要看分析结果的。"

"前些日子确实说过,那时还只有一点点怀疑,但现在不同了,我无论如何无法相信自己目前的状态属于正常。"

"你想太多了,要是能相信我们的分析,精神上也会放松些。"

我靠在沙发里,胳膊支在扶手上托着腮。他是真的觉得我正常,还是出于什么原因在撒谎?我无法判断。

"对了,"博士说,"今天请光国教授来不为别的,其实是对你做点采访。"

"采访?"我拘谨地坐在博士旁边,看看那个猿猴似的男人。

矮个子男人说:"很简单,只是个小小的精神分析。我一直对你很感兴趣,很想问问你。"

"若是心理测试之类的,若生助手已经做得够多了。"

"和心理测试稍有不同,但也不吓人。"

"总不至于吓人吧。"我交换了一下二郎腿,搓搓胡子拉碴的下巴。这两个学者看样子都很想做这个实验,于是我问光国教授:"您大概也听博士说了,我觉得自己的内部发生了异常。有可能弄清真相吗?"

"我不能断言,相信会有用。"光国教授摇了好几下光光的脑袋,"不过,不知道会出来怎样的结果——究竟是确有异常,还是仅是你自己的感觉。"

一旁的堂元博士说:"在我看来,要是能探明你妄想的原因就好了。"

"妄想?"我能感觉到自己眼里满是怀疑。我无论如何不能理解他的这种态度,为什么总想息事宁人?难道是怕有损手术成功的声誉?不管怎样,这个猿猴般的家伙的提案听起来还不错。"明白了。我做。"

教授眨了眨眼,朝堂元博士点点头。博士扬扬头站了起来:"我离开更合适?"

教授说:"拜托了。"

被称为"采访"的测试在别的房间进行,说是最好视线里没有任何东西——我还以为要戴上眼罩,却又不然。房间里放着一把长椅,我照指示躺下,天花板上的荧光灯正对着我的脸。不一会儿灯也关上了,但并没有漆黑一片,教授从包里拿出一支笔式电筒般的东西,摁下开关。那东西后面连着一根电线,像是连着包里的仪器,说明这不是普通的电筒。他坐在我的头部一侧,我看不见他。

"好了,现在开始。放松你的身体。"他说话的同时,亮光开始闪烁,房间里忽明忽暗。这真是奇妙的变化,光是看着就觉得心要被吸走了似的。

"静下心来,困了可以闭上眼睛。"

我闭上眼。他的声音在继续:"先从你的老家开始问吧,你出生在哪儿?"

我在回忆中说起自己出生成长的家、家周围的样子,连隔壁的盆栽店都说了。之前似乎已经遗忘的东西,都不可思议地变成鲜明的画面复苏过来,但那些画面就像电影场景一样,并不觉得是自己的故事。这是怎么回事?

他的提问进入下一个阶段:请回想你以前住过的房间,里面有你,你穿着什么,在干什么,等等。

"我一个人。一个人……什么都不做,只是盯着窗外。"

"这种情景下你最在意的是什么?"

"在意?"

"你担心的东西。放松一点,什么都可以说,你把脑子里浮现的东西不假思索地说出来。"

慢慢地,世界远去了。耳边依稀传来教授的声音,他在奇妙地呼唤着什么。

声音一度小得听不见了,又慢慢变大。那声音在叫我的名字,阿纯,阿纯……是谁在叫我呢?

那声音终于变清晰了。叫我的是同班一个姓蒲生的男孩,他的个头在整个五年级里最大,做什么事都要领头。蒲生在叫我。我有种不祥的预感。他问我喜欢哪支球队,我说是巨人队,他喝道,有你这种呆瓜支持,巨人会倒霉,支持别的球队去。我说,喜欢就是喜欢,没办法呀。他打我的脸,说,你还敢还嘴,又说,好,我给你定了,从今天开始你支持大洋队去。当时大洋排名最后。他说,别的队要是掉到最后了,你就去当那个队的球迷。要是那个队输了,第二天我得被迫在大家面前跳舞;要是巨人队输给排名最后的球队,为了泄愤,他就打我、踢我。

我不能在家说自己在学校被欺负的事，一说就会被父亲训斥。父亲在气头上经常会口不择言：真不觉得你这样的胆小鬼是我儿子。听他这么说我很难过。

父亲总坐在桌前默默工作，他是个不知喘息的人。我总是只能看到他的背影。

那个背影变得又黑又大，突然向我转过身来，变成了高二时同班的一个男生。他是校篮球队主力，经常逃课去咖啡店抽烟。那家伙对我说，喂，成濑，跟我一起去看电影。我吃惊地问，我们俩吗？他说，别冒傻气，叫上高泽征子。

想起高泽征子，我心头一热。我俩从初中起就是同学，她是我唯一的女生朋友，也是我爱慕的对象。她对我也很好，谈起书和画，我们有说不完的话。

回过神来，我们三个正站在电影院前，我们约好在那儿会合。进电影院前，篮球队主力贴着我的耳朵说，你离我俩远点坐，看完电影后你就说自己有事先回去，听明白了没有？我想顶他几句，却说不出口。

我照他说的，坐得离他俩远远的看电影。银幕上出现厂长打电话的镜头，他正给高功率电源厂家打电话。这回订货要从几家供货商的投标中选定，而厂长把其他竞标者的标底透露给了与他关系密切的某一家——所谓关系密切，就是他拿了人家的好处。这时过来一个年轻人，等厂长挂上电话，他递过一份报告，上面指出最近产品问题的原因在于某厂家的电源——正是和厂长关系密切的那家。厂长恼羞成怒，面红耳赤地拿红笔划去不满意的部分。几乎报告的所有内容都不合他意，纸张变成了红色。我抱着一堆成了废物的纸。

那纸又变成了报纸，上面一篇报道写着女高中生自杀未遂事件，高二女生 A 割腕。A 就是高泽征子，自杀原因不明。但谣言不知从哪里传开，说是从电影院回来的路上，她被那个篮球队主力强暴了。征子不会跟别人说起，多半是那男的向同伴炫耀了出去。她出院后再没来上学，转到了别的学校。自从在电影院撇下不安的她离去之后，我再没见过她。

我把报纸扔进焚烧炉。火苗飞舞。我看见一个铁笼子，里面关着老鼠。老鼠变成了篮球队主力。我掐他的脖子，掐蒲生的脖子，掐厂长的脖子，把他们扔进火堆。我想把所有人烧成灰烬。

有声音传来。有人在叫我：成濑，成濑……

我猛地睁开眼，灯光太刺眼又闭上了，听见有人说："这样不行，把灯光调暗一点。"再睁开眼，光国教授的小脸就在眼前，他身后还有堂元博士，不知道他是什么时候进来的。

"感觉如何？"教授问。

我用指尖摁摁眼角："有点发木，没事。"

"睡着了？"

"嗯，像是睡了一会儿，然后……好像是个梦。怎么也想不起来了。"

"不用勉强，今天就先到这儿。"教授放在桌上的双手十指交叉，旁边放着奇怪的笔式电筒和胶带。

胶带？记得刚才这儿没这东西，是干什么用的呢？"我内心潜藏着什么，您弄清楚了吗？"

"还不能说弄清楚了，实验才刚开始。抱歉，现在过多解释恐怕会令你产生不良想象。"

"您的意思是再继续做实验？"

"那样最好，我也征得了堂元老师的允许，只要你同意就行。"

"如果非做不可，我也没办法。但我很累了，头也疼。"

堂元博士在他身后说："你还是休息一下，先回去吧。"

出了大学，我恍恍惚惚地往家走。我怎么也想不起来梦见了些什么。

那个心理学家究竟做了什么？他真能帮我解开奇怪症状的谜团吗？

电车里很空。我坐下来，双手放在膝上。这时我发现双手不对劲，手腕红了一块，像是使劲摩擦过，摸了摸，有点黏。

怎么回事？

我观察了一会儿，倒吸一口凉气，急忙卷起裤脚，果然，脚踝上也有黏糊糊的东西。

是胶带。一定是用胶带绑住了我的手脚。为什么要那么做？看来当时我处在非绑住不可的状态。

我查看周身是否还有别的证据。左胳膊肘内侧有个小小的划痕——去大学之前根本没有。

什么一切正常？——我阴郁地自语。

【堂元笔记　6】

七月七日，星期六。

光国教授阐述了他的见解：一种共鸣效果。这和我的观点一致。

成濑纯一从自由联想进入睡眠状态，顺着我们的引导，讲述了他的一些记忆，它们都以憎恶自己的胆小、软弱、卑劣这种形式被封存，尤其不能否定的是高中时代的记忆在他心里投下了阴影，这从他催眠状态下的突然爆发就可以推测问题的严重性。我们在若生的帮助下摁住了他，发作大约持续了十分钟。

在此之前，他的这些记忆被自身的修养和善良完全遮盖，大概一辈子都不会表面化。可现在这些潜意识在成形，为什么？

我们必须考虑有什么东西在诱发，根源只能是移植脑片。PET 的印象测试结果表明，移植脑片的活动已经大大超出想象。

令人难以置信又不得不承认的事实是，捐赠者的精神类型正在支配成濑纯一。这种类型点燃了他的潜意识，进一步扩大影响，产生了"共鸣效果"。

必须继续讨论对策。委员会中主张再次手术的声音居多，但一提到具体方案他们就沉默了。此外，脑移植手术的这种弊端要是表面化了会非常棘手,这也是事实。

某个委员摇着头说:"我怎么也不信捐赠者的意识会传播。"也许该让他看看今天进行的乐感测试结果。如同我和电脑的预料,成濑纯一的乐感水平和三个月前相比有了判若两人的提高,这一事实有力地说明了捐赠者的影响。

小橘报告说,他开始怀疑捐赠者。

要高度重视,并向委员会报告。

21

我在厂里越来越孤立,原因之一是前不久提交的业务改良报告被公开了。报告的内容是,若提高效率,能把人员缩减到三分之一,反过来说,目前有相当数量的人在磨洋工。软弱的人总是怕被说穿事实,而且讨厌说真话的人。

我的朋友本来就没几个,其中的葛西三郎最近也不理我了,大概觉得这样对他的社会生活更安全。他也是个软弱的人。

我想这种状态大概不会持续多久,事实证明这预感很准确。可我没料到结果会这样。

"我和厂长商量后决定了。反正你也休息了很长一段时间,手头没多少放不下的活儿。"班长并不看我,而是看着桌上的文件跟我说话。

以前他称我"你小子",最近变成"你"了。他跟我说的是调动的事。下午上班铃一响,我就被叫到他那儿。据无能的班长说,第三制造厂提出想调一个人去他们的生产线,工作内容是站在传送带旁组装机器。三厂人手不够也难怪,那儿出了名的工资低、工作条件恶劣。他们一提调人,混账班长就选中了我。

我无语。留下一堆不好好干活儿白拿工资的闲人,却要赶走一星期提交两份报告的人,真不明白他是怎么想的。我真要抓狂了。"惹事的要赶走,对吧?"

班长装出满脸怒容:"说什么呢?没那回事。"

"可我现在手头的工作量比谁都多。明白道理的上司绝对不会选中我。"

"你是说我不明事理?"

"我是说这车间多余的人扫扫一大把,都是些人渣。"

"你就是因为说这么偏激的话才被大家孤立的。"

听到这儿我瘪瘪嘴。孤立?刚才还说不是这样,马上就说漏了嘴。像是意识到了自相矛盾,他干咳一下,打圆场似的说:"我想尽量在维持团队团结的前提下去对付人事变动,这是事实。你别往坏处想。"

没什么可说的了,他像赶苍蝇似的摆摆手:"就这事,你回去吧。"

我走到门口又转过头来。"什么事?"那一脸穷酸相的家伙看着我。我感觉自己的脸颊在拉紧,对这个废物说:"垃圾!"

他吃惊得说不出话来,我开门出去。

回到车间,几个工人偷偷往我这边看,我一看过去,他们马上躲开目光。大家像是知道了调动的事。谢天谢地,这天一直没人靠近我。看见他们嘴脸的一刹那,我觉得心中的憎恶就要爆发了,这很可怕。

下了班我没有直接回家,在夜晚的街头茫然地走着。空虚和愤怒交替袭来。

我在想,如果是在遭遇事故之前会怎样?要是从前的成濑纯一,就不会被选为调动的对象了,因为不惹眼,是班长最好使唤的部下。可像以前那样不能坚持自己的想法能说更幸福吗?我甚至弄不清楚以前的我有没有自己的想法。

不能忘记的是,目前我还弄不清,现在的人格是不是真的是自己的。

我信步朝酒吧走去。

我知道酒精不好，想起那次喝醉了撒野的情景就明白它对脑功能影响很大。可有些夜晚非喝不可，比如今晚。

我摇摇晃晃地进去。酒吧很小，小得推门而入就要碰到吧台前的椅子，不过里头还有点空间，摆着一架黑色旧钢琴。我在吧台的正中间坐下，要了杯加冰的"野火鸡"波本威士忌，客人除了我还有一对男女，像是熟客，和调酒师亲昵地说着话。

仔细想想，对从前的自己来说，一个人进这样的店是不可想象的。不光如此，从前我一个人去喝过酒吗？

班长想把我赶走的心情也不是不可理解。大概是因为不好对付，碍眼无疑也是一个原因。曾经老实的部下某天突然变了个人，任谁都会困惑。

心境变化？真是笑话！

堂元博士一定在隐瞒着什么。那天的精神分析——他们称它为"自由联想"——中，我一定是有了什么异常行为。他们只字不提，是害怕我意识到什么。是捐赠者，还是手术本身的失败？不管是什么，必须面对的是，我屡次提起的人格变化不仅仅是恐惧。

我今后会怎样？若就这样让变化继续，等待我的将是怎样的终点？

一口气喝干酒，我又要了一杯波本威士忌。酒精在向体内渗透，就像海绵吸水一般。身体内部有什么东西在苏醒。

咣当一声，我抬头一看，一个身材瘦削、满脸菜色的中年男人在钢琴前坐下。他放下乐谱，看样子要弹琴。我的视线重新回到酒杯。我对音乐没什么兴趣。我往嘴里扔了颗花生米，用酒冲进胃里。

钢琴演奏开始了，是支听过的曲子。不是古典音乐，是电影音乐什么的。

好听，我想。乐曲很动听，不知为何，钢琴声让我心旌摇荡。是因为演奏者技艺高超吗？我从没怀着这样的心情听过钢琴演奏。我端着杯子听得入了迷。

第一首曲子快结束时,店里来了新客人,四个二十岁上下的男女。他们坐在钢琴边店里唯一的那张圆桌前。一瞬间我有种不好的预感。

中年钢琴师默默地开始演奏第二曲,这回是支古典曲子,常能听到,但不知道曲名。我又要了一杯威士忌,挪到离钢琴近的座位。琴键敲出的一个个音符冲击着我的心。我觉得亲切,又觉得凄凉。为什么今晚会有这样的心情?为什么以前我从没意识到钢琴声如此美妙?

身体似乎浮在空中,像烟一样飘起。不是因为酒精,是因为声音,钢琴声。我闭上眼睛,全身陶醉。

突然,一阵大笑传来。

难得的心情被破坏,我睁开眼。不出所料,看看圆桌那边,刚才进来的年轻人正张着嘴胡聊大笑,浑身弥漫着傲慢——只要我们开心,哪管别人怎样。

店员当然没去提醒他们,大概已经习以为常了。钢琴师也面无表情地继续弹着。那对男女在忘我地说着悄悄话。

我想无视他们,但不可能。乐曲的微妙部分被粗俗的声音盖住。我的不快渐渐升级,头开始隐隐作痛,觉得厚重的黑块从胸口往上爬。

那伙人中的一个发出一声怪叫,像是人类之外的什么低等动物的叫声。

我走到他们桌前,抓住声音最大的那个年轻男人的肩膀:"安静点,听不见钢琴声了。"

那四人一时没明白过来发生了什么,大概他们不知道不守规矩时还会有遭指责这回事。随即他们毫不掩饰地面露厌恶,两个女的一脸扫兴地瘪瘪红嘴唇,两个男的皱着眉头瞪我。

"怎么?"一个男的站起来,抓住我的衬衫领子,"有牢骚?"他看上去像个长了毛的不良高中生,一脸凶相,满是发胶的头发透着轻佻。

"我说，太吵了，安静点。这儿不是幼儿园。"

他的脸扭曲了，刹那间我的脸上一震。一个趔趄，我的后背磕在吧台角上，杯子掉在地上摔得粉碎。

"要打架出去打！"吧台后的调酒师说。

"打完了！"那家伙说着吐了一口唾沫，正吐在我的脚上。他嘿嘿一笑："你这样的窝囊废在家睡觉就得了。"

大概觉得这话很过瘾，其他三人都笑了。

头疼在加剧，耳鸣，全身冒冷汗。像吹气球似的，憎恶在我心中蔓延。看着脚上的唾沫，我觉得自己找到了杀死他的理由。这样的人没有活着的价值。

见我站直身体，他也摆好架势："怎么，想比画——"没等他说完，我便朝他胯下奋力踢去。他呻吟一声，身子弓得像只虾。接着我毫不犹豫地操起旁边的空啤酒瓶，使尽全身力气朝他的后脑勺砸去。啤酒瓶没有像动作片里那样粉碎，而是发出咣的一声闷响。我又砸了一下，他立刻倒下。

另一个男的从椅子里站起来，但我一瞪眼，他就退了下去。这种家伙一旦觉得形势不利就胆小如鼠。两个女的只有战战兢兢的份儿。

我放下啤酒瓶，走近他们的桌子，拿起白兰地，瓶里还剩不少，我把它浇在昏过去的男人头上。他的浅色西服眼看着染上了颜色，浓郁的酒香飘起。瓶子倒空了，我又从吧台上拿过一瓶，接着往那家伙身上倒。他终于皱着眉头睁开眼。

"好像醒过来了嘛。"我拿过旁边不知道是谁的打火机，把气体量调到最大，问调酒师，"白兰地能点着吧？"

"啊？"他像是一时没听明白，生硬地点点头。

似乎从对话中明白了什么，被白兰地浇透的男人惨叫："哇，住手！"

"火葬。"我把打火机伸向他，就要点火。女人们尖叫起来。这时旁边伸过来一只手抓住了我的手腕。回头一看，那个瘦削的中年钢琴师在摇头："别这样。"

"放开！"

"别做傻事。"他声音嘶哑。

趁此空当，那家伙夺门而逃。我甩开钢琴师的手，拿着打火机追了出去。旁边的楼梯响起急促的脚步声。酒吧在地下一层。我爬上楼梯，看见他朝马路飞奔，刚才的脑震荡让他跟跟跄跄的，这一带人又少，完全追得上。休想逃！

果然，我马上就追近了他。那家伙也发现了我，急忙钻进旁边的小巷。我紧追不舍。巷子很窄，弥漫着污水和生活垃圾的臭味，还有隐隐约约的白兰地香味——他身上发出的。我一直追，到了个堆着纸箱和木箱、稍宽敞的地方。那家伙正扒拉箱子，因为巷子被堵上了。我暗笑。

"你想干吗？！"见无路可逃，他朝我狂叫。我点燃打火机，确认火苗足够大，慢慢靠近他。我不知道浇上白兰地的衣服能烧成什么样子，一想到这家伙被蓝色火焰包围的样子，不禁身子一颤。与此同时，脑中浮现出一幅画面——被点着的老鼠。往铁笼子里的老鼠身上泼灯油，点火烧它，皮肉发出难以形容的臭味——那是什么时候的事情？

"住手，停下！"他大叫，"我错了，向你道歉。你饶了我吧！"

"火葬。烧了你。"我离他更近了。

这时，身边传来老鼠的吱吱声，我不觉转过头去看。刹那间，他抓起身旁的纸箱掷向我，趁我躲闪的工夫，他顺着来路逃走了。

我紧追上去，边跑边闪过这样的念头：我到底在干吗？我正在巷子里跑，这是真正的自己吗？究竟是谁？又是在哪里？

刚跑出巷子，头上一阵剧痛。我忍不住呻吟一声，捂住脑袋，抬眼望去，那家伙拿着木板站着，我像是挨了一板。我倒下，却抓住了他的脚踝。他站立不稳，往后倒去。

"哇，放开我！"他拼命挣扎，我就是不放他的脚。我抓着他的身体，点着打火机。

"住手，住手，住手！"他挥舞着木板。我的额头破了，血流到鼻子旁边，却很奇怪地感觉不到疼痛。我没有松手。

火苗眼看就要点燃衣服了，他惨叫起来。几乎就在同时，有人抓住了我拿打火机的手。头顶传来怒喝："你们在干吗？"

我抬起头，旁边是个不认识的男人。对面闪着警车的红灯。

"这家伙疯了！"差点被烧的家伙叫道。

22

　　警车送我去的不是警察局,而是医院。听说那家伙反倒被警察带回去了,大概警察觉得他的伤不要紧。我头破血流,一上警车就昏了过去,警察一定也慌了手脚。

　　给我处理伤口的医生说只是些皮外伤应无大碍,慎重起见还是拍个片子为好,我断然拒绝,怕一检查就暴露了自己的秘密。幸亏医生像是把我头上的疤痕当成了交通事故的结果。

　　医生告诫我日后一定要拍片子,就放我走了。脑袋上缠着绷带的我被带到警察局。

　　讯问在警察局二楼的审讯室进行。一看就是酒后闹事,值班的警察问起来也有点不耐烦,对我要往对方衣服上点火大为光火,说差点就弄成重伤,也许还会出人命。我当然认为那家伙死了也活该,但没说出口。

　　讯问完毕,我被带到探视等候室等着。空荡荡的屋子里只有长椅。这儿大概是去见在押的犯罪嫌疑人时等候的地方,这会儿一个人也没有,大概夜里不能探视。对了,现在几点了?我看看手表,表停在十点五分。

我再次意识到不能喝酒。酒意上涌后,正常人有时也无法自控。考虑到自己现在的状态,引发潜意识里的东西实在危险。

我无论如何不能相信几个小时之前自己的行为,以前从没有过那样的感情爆发,况且是以憎恶的形式。那家伙确实让人讨厌,可为什么我要置他于死地?是有什么导火线吗?有的话又会是什么?我在长椅上躺下,思考起双重人格。小时候读过《化身博士》,还看过电影《三面夏娃》——回想起它们,我确认自己并非双重人格者。双重人格者完全拥有两种人格,大多数情况下不记得另一种状态。我不一样,不是完全变成别的人格,而是一点点朝着某个方向变化。当然,所有行动都源于自己的意志,并非在不知不觉中产生异常行为。

那么,我现在的症状能说比双重人格轻微吗?它可能比双重人格更糟糕——原来的人格在慢慢消失。

真会这样吗?

成濑纯一最终会消失吗?我摸摸自己的脸,又摸摸脑袋,想着消失后的情形,心乱如麻。

就这样过了将近一个小时,听见外面传来越来越近的脚步声,我坐了起来。门开了,是刚才的警察。"觉得怎样?"他问。

"像是没什么大问题。"我回答。

警察一脸冷淡地点点头,冲着门外叫了声"请进"。应声进来的人在哪儿见过,一时没想起来,但看见他微笑着点头的样子,我明白了,是在堂元博士那儿见过的嵯峨道彦。他怎么会在这儿?

"刚才堂元博士来电话,告诉我您在这儿,就急忙赶来了。"他语调轻松得就像是到车站来接我。讯问时警察问我有没有保证人之类的,我没多想就说出了博士的名字。

"伤得可不轻啊,不要紧吗?"

"没事。"我碰碰自己的脸,指尖的感觉告诉我脸肿了。

"真没想到这家伙跟嵯峨先生是熟人,"警察盯着我的脸说,"是怎么认识的?"

"以前他救过我女儿,是救命恩人。"

"哦?怎么回事?"

"女儿在海里溺水,被他奋不顾身地救起。"

"哦,在海边。"警察也没露出敬佩的神色。

"我可以带他回去?"

"可以。"他掏着耳朵看我,"可别再干蠢事。"

我沉默着点头致谢,拿着东西走出警察局。嵯峨让我坐他的车。白色沃尔沃的右车门上有划痕。他用手指碰了碰,苦笑道:"新买那阵子被人弄的,就在停了一会儿车的工夫。"

"这世上疯子真多。"说完,我心里暗道,自己大概也是其中之一。

开了一会儿,他语气轻松地搭话:"没想到您会做那种事,以前经常打架?"

我摇摇头:"这是头一回,不知怎么回事。"

"以后还是小心点为好。这回就算是双方都有错,不再追究了。这种事弄不好会成被告。"

"那家店也遭殃了。"

"好像是,听说他们立刻报了警。那边我会想办法,您不用担心。"

"钱我自己赔。"

"不用这么说吧。"

"不,您这样让我很为难。"我转过头,对着他的侧脸,"没理由让您帮到这一步,这跟您女儿的事是两码事。"

"我是想帮您。"

"您已经帮得够多了。"

红灯了,他把车停住,看着我微微一笑:"真顽固。"

"得合乎情理，就像无功不受禄一样，不能要没来由的钱。"

"我不觉得是没来由，但既然您这么说我也没办法，这回就算了。"车子再次启动。"对了，很抱歉最近没跟您联系，一直想带着女儿去当面道谢，总抽不出时间。"

"您不用操心。"

"身体状况怎么样？问过堂元博士，说是一切正常，恢复顺利。"

"既然博士那么说，就是那样吧。"我不觉语气尖刻起来。

"您说得很奇怪。有什么不放心的地方吗？"他的声音有些不安。要是我没有痊愈，大概他的心理负担就不会减轻。

"没什么，我是说专业的东西我也不懂。"

他像是无法释怀，之后明显地沉默了。

车子停在公寓前。看看车里的钟，已经快到黎明。今天只好不去上班了，反正在那个车间也待不长了，歇个一两天也没什么。幸好明天是星期六。

"其实我找您有事。"他拉上手刹，"我跟我妻子也说过，无论如何想请您吃顿饭。能告诉我什么时候方便吗？"

我放松嘴角，摇了两下头："您不必这么操心。真的，请不要管我了。"

他笑了："是我们想和您一起吃饭。一个人来会不自在，您带个亲近的人来吧。对了，听说您有个女朋友，把她叫上。"

他大概是从堂元博士那儿知道了阿惠。想起她，我的头疼又要发作，胸口也一阵刺痛。"那我跟她商量一下。"我回答。

"太好了，那回头再联系。再见。"他踩下油门。

我在家休息了一整天。身上到处都疼，冲澡时发现有无数瘀痕和划伤，热水一冲，我忍不住疼得跳了起来。

傍晚，橘小姐来了。打开门，我一下子没认出来眼前的人是她。

这是我第一次看见她不穿白大褂的样子。她身着浅绿色无袖针织衫、墨绿色短裙，我不禁看得出神。她上下仔细打量着我，左右晃着脖子说："看来你是好好干了一架。"

"想跟你们联系来着。添麻烦了。"我出于礼貌地点头。

"没什么麻烦，不过我们很担心。头部没被重击？"

"受了点伤，没事。"这跟脑袋挨枪子儿相比算不了什么伤。"堂元博士没说什么？"

"他苦笑着说年轻人真是乱来。"她耸耸肩。

"苦笑？"我摇头，"要是当时在那儿看见我的行为，就不会说得这么轻松了。"

"什么意思？"她不解似的歪着头。

"回想起来，也觉得昨晚的行为很异常。要是没有喝醉这个借口，大概会被当场送到精神病院。"

"可你当时是醉了吧？"

"没醉得多厉害。就算醉了，要是原来的我，根本不可能变成那样。我又当真想杀人了。"

我的声音有点大，路过的邻居看了看我和她的脸。她把头低了低说："好像不是站着能说完的话。"我把她让进屋。

"真干净，叶村小姐常给你打扫？"她站在玄关，环顾房间。

"打扫卫生我自己还能应付。你进来吧，我给你倒茶。"

"不，这儿就行了。"她站着没动。

"觉得我会对你做什么吗？"我歪歪嘴角说。

她盯着我的脸，慢慢摇摇头："这不像你说的话。"

"哦，你这不是也明白吗？现在的我不像我。我跟你们说过很多次了，我的性格、人格在变化。可你们的答案总是一个——不可能。"

"没错，不可能呀。"

我用拳头敲敲旁边的柱子，指着她的脸："我把这话还给你——不可能！从没打过架的人为什么会在酒吧撒野？就不能说点真话吗？你们在隐瞒什么，我这脑袋里一定在发生着什么。"

她皱皱眉——这眉毛长在女子脸上稍稍嫌粗——摇摇头："你别激动。"

"我在问你，请回答。"我靠近她，双手抓住她裸露的胳膊。她一脸吃惊，但我没放手。"求你，橘小姐，告诉我实话。为什么要隐瞒？"

"你弄疼我了，"她扭过脸去，"松手。"

听她这么说，我顿时感到她身体的触感。她的胳膊有点凉，滑嫩柔软。我说："皮肤真好，像有生命的瓷器。"

"松手。"她又说了一遍。

再次体会了手掌的触觉之后，我轻轻松开手："对不起，我没想对你撒野。"

她交叉双臂，揉了揉被我抓过的地方。"我能理解你的不安，但别让我为难，因为我相信你是正常的。"

"撒谎。"

"没撒谎。难道有人说你不正常吗？"

"就算没人说我不正常，可说我怪的人多的是。上司说我变得难管了，因此把我换了岗。"

"你住了好几个月的院，这点变化不足为奇。"

"爱情变了也不奇怪？"

"爱？"她一脸困惑。

"我对阿惠的感情。"我向她说出最近自己内心的变化。本来不打算告诉任何人，这时却想跟她说说。

她听了似乎很意外，沉默了好一会儿，像是在寻找合适的措辞，然后才开口："可能我的说法不太好，这种事，年轻时怕是常有的。"

"是指变心？"她的回答不出我所料，我不禁苦笑。她不知道以前我有多爱阿惠，才会说出这么离谱的话。我说："没法跟你说。你走吧。请转告堂元博士，我不会再去研究室了。"

"这可不行。"

"别命令我，已经够了。"我一手抓着门把手，另一只手把她往外推。

她扭身看着我的脸："等等，你听我说。"

"没必要听你啰唆了。"

"不是，我有个建议。"

"建议？"我松了松手，"什么建议？"

她长吐一口气说："我只是从堂元老师那儿听说你的情况，也只是按指示行事，基于听到的情况判断你一切正常，但老实说，我并不知道老师他们的真实想法。"

"然后？"

"听了你的话我想，可能有什么不为我们所知的事实，在严重影响着判断结果。"

"有可能。"

"这样吧，我会想办法去调查老师的真实想法，有什么情况就告诉你，条件是你得照常来定期检查。怎么样？"

"你不能保证会告诉我真相。"

她叹了口气："相信我——我只能这么说。难道还有其他办法？"

我沉默着摇摇头。别无他路。

她用双手紧握着我的手说："别担心，一切都会好的。"

我盯着她那白皙的手，点点头。很奇怪，心静了下来。

"那我走了。"她放下我的手去开门。

看着她的侧脸，我突然想到了什么："是杰奎琳·比赛特。"

"什么？"

"很久以前就觉得你像谁,终于想起来了。"

"杰奎琳·比赛特?"她浅浅一笑,"做学生时有人说过。"

"橘小姐,你叫什么?"

"我的名字?为什么要问?"

"想了解你,不行吗?"

她困惑地屏住呼吸,为掩饰窘态又拢了拢刘海,说:"我叫直子。"

"直子……怎么写?"

"直角的直,孩子的子,很普通的名字。"

"橘直子,好名字。"

"下次研究室见。"橘直子有点不高兴地走了。

我过去锁门,空气中有淡淡的古龙水味。

23

晚上，阿惠来了，好像是听说了我大闹酒吧的事。联系她的大概是橘直子。她帮我铺好被褥，安顿好，又为我忙这忙那。

"不要再胡来了哦。"她一边拿湿毛巾敷我的额头一边嘱咐。和橘直子相比，这姑娘的脸庞还显得很稚嫩，脸上的雀斑总有一天能消失得干干净净吧。

"你在听我说吗？"她有些不安地问我。

"嗯，听着呢，以后再也不会干那种事了。"把她和橘直子相比较让我感到有些惭愧，她对我来说应该是无可取代的。

至于为什么会发生昨天那样的事，她没再追问，好像是怕触及那件事。她似乎也以她的方式感受到了我身体里发生的变化。反正今晚她的话特别少。

"那个……阿纯，我今晚可以住这儿吗？"她像个要坦白什么的孩子似的望着我。这种问题她以前从没问过我。

"当然好啊，"我回答，"留在我身边吧。"

她似笑似哭地站起来，走近被扔在一边闲置很久的画架。"这幅画完成了？"

"算是吧。"

就是那张从窗子望出去的风景画，画得实在太糟糕，我连再看一次的勇气都没有。我甚至始终无法相信那是我的作品。

不远处隐约传来歇斯底里的狗叫声。"吵死了。"我嘀咕着。

"好像是后面那户人家养的。"阿惠说。

"嗯，那种狗真该杀了。"

阿惠对我的话没有做出任何回应。她盯了画布良久，终于转向我说："阿纯，我……我想暂时回乡下去。"

"老家？"

她轻轻点头。"妈妈的身体不太好，我也好久没回去了……前段时间家里就总来电话让我回去一趟呢。"

"哦？什么时候？"

"买了明天的票。"

"哦。"我只是应了一声，找不到其他能说的话。也许，说"别回什么老家了"，才是成濑纯一该有的反应。

"其实，我昨天把公寓退了，昨晚是在朋友家过的，所以今天要是不让我住在这儿，我就要露宿街头了。"她强颜欢笑，大概是在竭尽全力跟我开玩笑。

"你在这儿住就是了。"我说。

那一夜，我们睡在一床被子里。阿惠枕着我的胳膊，把头埋在我胸前，哭了。我心里非常清楚她为什么哭，为什么要离我而去。但又有什么办法呢？我尽力掩饰迄今为止内心发生的变化，但无疑早被她看穿了。

我温柔地抱着阿惠的身体。好久没有仔细体味这种感觉了，但我并没有勃起，这一事实让人感到悲哀。

第二天，我把阿惠送到车站。我们俩并肩站在站台上的时候，我还在犹豫该不该把作为成濑纯一该说的话说出来。如果对她说不要走,她就能安心吗?就算把她拉回来留在身边,我们俩又能谱写出怎样的未来呢?

列车缓缓进站,她提起事先存放在投币存物柜里的行李。

"走了哦。"

我知道她在竭力掩饰内心的伤感。应该留住她,留住她就等于留住了自己。我终究还是没能说出那句"不要走",只吐出"路上小心"这样毫无意义的台词。

"谢谢,你也要好好保重身体哦。"阿惠答道。

她上了车,把脸转向我,表情是我从未见过的哀伤。看到那张脸的瞬间,我隐约觉得头疼,似乎听见鼓声由远及近。

门关上了,列车开始启动。阿惠朝我轻轻挥手,我也朝她挥挥手。

脑袋里的鼓声越来越大。咚!咚!咚!我目送列车离去,感到站立都很艰难,就蹲了下来。想吐,头晕,我双手抱头。

"喂,没事吧?"旁边有人问我。我挥挥手示意不要紧。

不一会儿,脑子便开始恢复平静。鼓声渐渐远去,头也不疼了。我就那样蹲在地上,看着轨道的前方。不用说,阿惠的车已经走远了。

我为什么那么惊慌失措?只不过是少了个女人。

我站起来,瞪了一眼周围那些大惊小怪的人,迈步离去。

【叶村惠日记　4】

七月十四日，星期六（阴）

我是多么懦弱、多么卑怯啊！终于还是从阿纯身边逃跑了。

是因为感觉到他已经不爱我了吗？不对。他身上的变化并不是世人所谓的变心，这一点我最清楚不过，而他为此有多么苦恼我也知道。

我还是逃开了。为什么？说这样对他来说也比较好，只不过是个牵强附会的理由。

恐惧才是我真实的心情。我看不下去接下来将要发生的事，我根本无法忍受。

每当列车停下来，我都在想是不是该回去，想着无论如何应该回到他身边支持他，但终究没有做到，因为没有勇气。我就是这么懦弱。

回到家，大家都很开心地迎接我，又摆宴又喝酒的，我却一点也不快乐。

啊，神啊！至少让我为他祈祷，无论如何请救救我的阿纯！

24

　　我被分配到了新车间——制造汽油发动机用的燃料喷射装置的生产线。像这样高度自动化的生产线，在某些尚不能实现自动化或采用人工更节省成本的环节，会安排工人作业。

　　首先，部件被放在传送带上一个个传送过来。被称为货盘的方盒子里装有十个部件，那是燃料喷射装置的喷射部分。我的工作就是把这些部件的喷射量统一为一个定量。先对机器进行设定，让它们喷射类似燃料的油，然后依据标准值调节喷射量。机器有十台，部件也有十个。如果不在下一个货盘送过来之前完成设定，部件就会不断堆积下来。

　　身体麻木得简直成了机器的一部分，但在这个地方工作还是有好处的。其一是一整天都不用跟人接触，其二是我的头脑可以完全腾清，什么无关的东西都不用思考。我也不太清楚什么都不用想对我的大脑究竟是好是坏。有时候不断重复着同一个动作，意识会突然间中断。这种意识的空中陷阱一旦形成，不知为什么周围的世界就会开始扭曲。这让我有种极其不祥的预感。

　　这样的生活持续了大约三天之后，嵯峨道彦打来电话。

"关于上次那件事，就定在这周日怎么样？"律师用明朗的声音问道。

他指的是去他家。我其实不太想去，却又一时找不到拒绝的理由。再说，就算这次拒绝了，下次他必然又会另找理由邀请我。干脆早点把这事了结了。我答道："可以。"

"那太好了。您的同伴也没问题吧？"

"啊，她去不了，这些天回老家去了。"

"唉，我要是早点邀请二位就好了。"嵯峨似乎十分遗憾地感叹道。

周六我去了大学的研究室。其实我不太想去，只是碍于已经答应了橘直子。现在还是老实一点吧。

这一天，若生给我做了个古怪的检查。我被要求戴上一副奇特的眼镜。眼镜上有活动遮板，可以遮盖左右的视线，在被遮住的一边眼镜内侧还能映出各种形象。眼前的桌子上杂乱地堆放着圆规、小刀之类的小东西，还有苹果、橘子之类的水果。在这样的环境设定下，若生对我说："现在开始我只给你的右眼提示，请用左手把你看到的东西摸出来。"

第一个出现在右眼前的是剪刀。我瞬间就把握住了这个形象，然后把左手伸向桌子摸索着，一下子就摸到了剪刀。

"OK，接下来换右手。"

右眼中出现的是苹果。我毫不犹豫地把它抓了起来。

接着是在左眼投影，然后是先用右手、再换左手取物的实验。我完全不明白这些有什么意义，便询问这一检查的意图，得到的回答是："这是一种检查是否有脑部损伤的方法，你看来没什么问题。"用这种骗小孩的检查能查出什么！

之后我又接受了例行的心理测验等环节，然后去了堂元博士的房间，前些日子见过的光国教授也在那里。我知道一定又会被询问最近的身体状况，就和上次一样说起我的人格变化问题。博士也照旧想尽方法岔开话题。我放弃了在这个问题上表现得过于认真，和这些不想讲真话的人说什么都无济于事。

"对了，工作怎么样？有什么新鲜事吗？"也许是我今天显得特别坦率，博士才会这么饶有兴致地问。

"我换岗位了。"

"换岗？哦，现在从事什么工作？"

"就像卓别林在《摩登时代》里干的活儿一样。"我向博士说明了工作内容，以及由于单调重复导致我觉得头脑空空的情形。

听完，他的表情变得有些阴沉，问道："看来工作相当辛苦啊，打算今后就一直在那里了？"

"恐怕是吧。"我回道。

博士跟光国教授互相使了使眼色，不知他们在想些什么。

"那么，接下来就拜托教授了。"堂元博士刚说完，光国就皱着鼻子站起身来。

我对这个小个子男人说："不好意思劳您费心了，我拒绝那个治疗。"

"为什么呀？"光国似乎很意外。

"不想做，就是这样。"

"但我认为，那是消除你心里种种不安的最好方法。"

"那也要以我能够相信你为前提。"我这么一说，光国不高兴似的闭上了嘴。我继续说道："要是在治疗过程中发起狂来就麻烦了。"

两位学者似乎都早已心里有数，垂下了眼帘。我趁机说了声"告辞"便推门出去。

正朝大学门口走去时，背后有人叫住了我——是橘直子。我心里一阵悸动。这个女人也许更适合穿白大褂。

"你来了我就安心了。说真的，还真有点担心。"她一边和我并肩走着，一边说道。

"我已经答应你了啊。你那边有什么发现？"

"还没有。但我见到了最近召开的脑移植委员会紧急会议的资料。那份资料除了委员以外其他人都看不了，所以我们也还没看过。也许里面的内容和你有关。"

"真想看看。"

"拿出来是不太可能啦，光是偷看还是有办法的。也许你会觉得太夸张，那份资料被放在保险柜里呢。"

如果真是那么重要的文件，就更有必要看一看了。"希望你能帮我试试，我能依靠的只有你了。"

"我试试吧。"她的声音有些沙哑。

走到大门前，我停下来转向她。"对了，明天能见个面吗？"

"明天？什么事？"

"嵯峨道彦邀我去吃饭，我想请你和我一起去。"

"嵯峨？噢……"她似乎想起了这个姓氏，"叶村小姐呢？"

"她现在不在这儿，回老家了。"

"哦……"也许是困惑时特有的习惯，她眨了好几下眼。

"还有，"我继续说，"我想撇开医生和患者的身份试着和你见面。"

她倒吸了口凉气，短暂沉默之后，说："我几点去你那儿？"

"他六点半来接我。"

"那六点见。"

"我等你。"我向她伸出右手。她犹豫了一下，握住了我的手。

【堂元笔记　7】

七月二十一日，星期六。

检查结果令人吃惊。变化程度急剧加快。原因之一应该是成濑纯一的生活环境发生了变化。根据他本人的话来推测，似乎是换了个加剧精神破坏的工作环境。我们不得不采取措施了。对于我的问话，他对答沉稳，但显然没有敞开心扉，甚至正好相反。患者对于他人的不信赖感和自我防卫意识正在逐渐形成，拒绝光国教授的精神分析疗法就是证据之一。

他的症状是否该判定为一种内因性精神病，是争论的分歧所在。如果从精神分裂的角度看，有必要把调查的范围限定在脑内分子的活动上，特别是A10神经的过剩活动这个观点最有说服力。可麻烦的是，引起精神障碍的原因恐怕不是患者自己的脑，而是移植脑。移植脑引发的消极回馈和控制进而影响了大脑的其他部分。

总之，不能放任患者的这种状态继续下去，否则将会给我们的研究带来危险。

25

周日上午,我简单打扫了屋子。这种紧张仿佛是第一次迎接恋人来家里时那种特有的感觉。我想起了阿惠。那个时候应该也和现在一样。记忆还像昨天刚发生的事一样鲜活,我却想不起那种兴奋雀跃的心情和适度的紧张感了。

六点整,橘直子来了。依旧是衬衫加套裙的庄重打扮,金色的耳环给人一种与以往不同的印象。我称赞这身打扮很适合她,她说"是吗",随即脸上露出一丝悦色。

"之后怎样了?"我询问关于调查的事。

"可能比想象中困难。在老师眼皮底下偷看资料,可没嘴上说说那么容易。"她皱了皱眉。

"能不能把电脑里的信息调出来看看?"

"我也在试,可不知道密码是弄不出来的呀。再试试也许就能破解密码了。"

"拜托你了。"

"也不知道会不会辜负你的期望呢。"她苦笑着,很快又恢复严肃,叹了口气,"我这么说也许有些不恰当,总觉得不对劲,就算是最高机密的项目,保密的部分也太多了。"

"想必有不想公开的部分,"我说,"那肯定与我身上发生的异常变化有关。"

"也许吧。"她小声说。

六点二十五分,我们走出房间,来到公寓前,一辆白色沃尔沃正好驶过来。嵯峨下了车向我们问好。今天在电话里我已经跟他说过直子会一起去。

"看来今天是蓬荜生辉啊!"嵯峨说了句老套的客气话。

我和直子坐在后排,嵯峨发动了车子。这样坐着感觉还不错。

"我太太可盼着今天了,说要使出全力好好招待你们呢。当然啦,她本身也没什么值得炫耀的手艺。"

"您家就三口人吗?"直子问道。

"是啊,只有三个人。还想要个孩子,可一直没能要成。"嵯峨的视线通过后视镜转向我,向我投来热切的目光,大概是想向我表达救了他们的独生女的感谢之情。我觉得这份感谢重得有些让人难以承受,故意移开了视线。

嵯峨家离市中心有些远,在一个有很多坡道的住宅区里。房子周围是围墙,院子里的树木茂盛得伸出墙外,几乎遮掩住外面的道路。在首都圈里能有这样的房子可真难得。

我们下了车,站在门口,嵯峨夫人似乎已经等候多时,马上开了门迎上来。她比上次见面时更加热情。"欢迎欢迎,身体怎么样了?"

"好多了,多谢您邀请我们来做客。"千篇一律的寒暄。

"客套都免了吧,赶快进屋。"嵯峨在背后推着我们。

我们先被带到了客厅———一个约十叠大的房间,摆着一张足以把整个身子埋进去的沙发。我和直子并排坐在后边的长椅上。

"房子真不错啊!而且还很新。"我环顾了一圈说道。

"去年建的。在那之前一直都住公寓，但还是向往独门独户的房子啊。"

"再怎么向往，没有实力可盖不了这样的房子。"我坦率地说，"在这样的地方盖一幢新房，对普通工薪族来说简直就是梦境中的梦境。"

嵯峨用手挠挠头："这可不是凭我当律师的收入就盖得起的。我已去世的父亲有片地，托那片地的福才有了今天的房子。"

"真令人羡慕！"我想起了被击中脑袋那天的情景。当时嵯峨夫人正兴致勃勃地和房地产中介的店长聊天，或许就是在聊怎样有效利用多余的土地。

夫人端着咖啡走进来。她开门的时候，从里面传来钢琴声。莫名地，我心里一阵痛楚。

"是您家千金在弹琴吗？"直子似乎也注意到了。

"是啊，三岁起就请老师指导她，只是一直没什么长进。"夫人一边把咖啡摆在我们面前，一边垂下眉角笑道，"过一会儿就结束了，等练完了我让她来问个好。"

"您不必费心。"说完，我又叫住正要走出客厅的夫人，"不如开着门吧，我想听听您家千金的演奏。"

"多不好意思啊，那孩子的水平可没到可以演奏给大家听的程度呢。"夫人口上推辞，离开时还是开心地照我说的让门敞着。

"您对音乐感兴趣？"嵯峨问道。

"也不是特别感兴趣。家里连个音响都没有，只不过偶尔听听电台的节目。"事实上我和音乐的关联真的仅此而已，但今天不知道为什么会对钢琴声如此在意，况且这也不是什么正式的演奏。我又想起今天也不是第一次在意钢琴声了，在酒吧撒野那天，导火线也是钢琴演奏。

"刚结婚那时我太太就说，如果生了女孩，就让她学钢琴或者芭蕾。这两样在天赋上都没什么可期待的，但我想相比之下还是乐器有些努力的空间吧。"看嵯峨的表情，真是可怜天下父母心。

"这孩子还没上小学吧？这么小就能弹成这样，我觉得已经很了不起了。"直子表示佩服。

"是吗？我不太懂。"嵯峨边说边随着音乐摆动手指。

弹得的确很流畅，很少有中断或弹错的地方。曲名和作曲家名我都不知道，但曾在什么地方听过。不知不觉中，我的脚趾头也跟着打起了拍子。

听了几遍之后，琴声里出现了一个让我在意的问题——有个地方总是弹不对。似乎也不是不熟练的缘故，而是有什么更根本的原因。

"您怎么了？"嵯峨见我总是歪着脖子，诧异地问道。

"啊，没什么。"我又仔细听了一遍，没错，肯定是那样。我对嵯峨说："钢琴的音好像有点不准。"

"哦？是吗？"听我突然这么说，他似乎有些意外，开始仔细倾听。曲子还在继续。

"听，就是这里。"我说，"有点微妙的走音，听，这里也是。听到了吧？"

嵯峨摇摇头："很抱歉，我听不出来。"

"我也是……真的能听出来吗？"直子疑惑地望着我。

"我不明白你们为什么听不出来，我觉得很明显。"

过了一会儿，琴声停了，有人从楼梯上走下来。大概是钢琴课结束了。

朝门口望去，有个长发女子正从那里经过。"牧田老师。"嵯峨叫住了她。她应了一声。

"这位先生说钢琴的音调有些不准。"

"啊？"姓牧田的女人有些惊讶地看着我。

我哼了一段旋律，说："这个部分的音像是走得厉害。"

她微笑着点点头。"嗯，是的，该把琴调一调了。"她看着嵯峨说，接着又转向我，"您很内行啊，一般人很难听得出来。您从事音乐这行吗？"

"不，完全不是。"

"哦？那就是天生乐感好了，真叫人羡慕。"她称赞了一番，说声"先告辞了"，便点头离去。

她走后，嵯峨对我说："有这么好的乐感不做音乐实在可惜啊！您真的没学过乐器？"

"嗯……"我自己也觉得不可思议，从来没被人说过乐感好。我还清楚地记得，小学音乐课上，在听写和弦测试时，自己完全听不出来，只好乱猜一通。我想不通，那么明显的走音为什么嵯峨和直子都没听出来。

我还在想，嵯峨的女儿典子来了，长长的头发扎成了马尾。"你们好。"她站在门口很有礼貌地向我们低头问好。

"噢，你好。"我佯装笑容。看到典子的瞬间，我突然一阵头晕目眩，膝盖一松，手触到了地板。

"怎么了？"

"您不舒服吗？"

"没，没什么。只是有点头晕，已经没事了。"我重新坐回沙发，自己都能感觉面无血色。

"还是躺下休息一会儿吧。"

"不用，真的没事了。"我深呼吸了几下，对嵯峨点点头。

"头晕？"直子轻声问我。我说没事。

过了一会儿，夫人过来招呼我们去餐厅吃晚餐。桌子上铺着雪白的桌布，简直像正式餐厅一样。夫人的手艺也令人无可挑剔。

"您真的没事，我就安心了。在您顺利出院前，我担心得感觉自己都瘦了呢。"夫人一边往我杯子里倒葡萄酒一边说。

"劳您费心了，非常感谢。"

"您可不必这么说。喂，你这么说可不对，我们是不是瘦了，成濑先生可不用知道。"嵯峨责备道。

"对对，是这样，对不起啊。"夫人抱歉地说。

我尽量控制自己不要喝太多葡萄酒，这毕竟也含酒精，没准什么时候又会有某种冲动。

突然，我感觉到一束目光——是典子。她什么也没吃，只是盯着我看。她的眼睛大得像进口的洋娃娃一般。

"怎么了，典子？"嵯峨似乎也注意到了。

"这个叔叔……"典子开口了，"不是我上次见到的叔叔。"

尴尬的气氛开始蔓延，大家面面相觑。夫人笑着对典子说："说什么傻话呢？不是一起去问候过吗？你忘了？"

"不对，"小姑娘摇摇头，"不是那个叔叔。"

我突然感觉口干舌燥，孩子的感觉果然很敏锐。

"叔叔现在变精神了，可能感觉和以前有点不一样吧，不过他就是你在医院见到的叔叔哦，你好好看看。"不理解孩子敏锐感受的嵯峨在尽力补救孩子的失言。夫人也微笑着掩饰尴尬。只有直子一语不发地低着头。

"你说对了，我不是上回那个叔叔。"我对典子说，"那个是我弟弟，我们是双胞胎。"

小姑娘仔细盯着我的脸看了好一会儿，一边用手指捅捅她父亲的腹部，一边说："对吧？你看！"

嵯峨困惑地看看我，我没说话。

我们一边吃饭一边平淡地聊着，主要是夫人和直子在对话，嵯峨偶尔也会插一两句，我基本上是个听众。

"典子的钢琴弹得真好呀！"直子似乎发现小姑娘开始觉得无聊了，便对她说。

典子脸上现出了酒窝："嗯，我可喜欢钢琴了。"

"弹首曲子给叔叔听好吗？"吃完饭，我边喝咖啡边说。

"好啊，你要我弹什么？"典子说着溜下椅子。

"好好把饭吃完再弹。"夫人训了一句。典子的盘子里剩了不少饭菜。

"我已经很饱了，不想吃了。"

"叔叔还要喝咖啡呢。"

"哦，我喝完了。"我把咖啡一口喝完，从椅子上站起来，"多谢款待。典子，可以弹给我听吗？"

"嗯，跟我来。"典子说着就跑开了，我跟了上去。

钢琴在楼梯边的一个贴着花纹图案壁纸的房间，一看就是女孩子的房间，估计是按照夫人的喜好布置的。

"弹什么都行吗？"典子哗啦哗啦地翻着乐谱问我。我给出肯定的答复，典子说那就弹刚才练的曲子吧，说着就翻开了乐谱。

这首曲子小姑娘弹得实在不怎么样，经常出错，不时中断，钢琴本身还有走音问题。可钢琴声还是在渐渐渗透我的脑。我也不明白怎么会如此强烈地被吸引，就像前几天在酒吧发作时，不明白自己为什么会被那个中年钢琴师演奏的曲子所魅惑一样。我盯着典子小小的手在琴键上移动。白色的琴键仿佛成了河面，在我眼前晃动。

不公平——看着典子的侧脸，我的脑海里浮现出这个词。这个世界充满了不公平。这个女孩想必一生都会和贫困这种词无缘。她一定不会意识到，这世上有的人拼命干活儿也盖不了一间房子，也不会为这种不公平的存在感到丝毫疑惑。即使她毫无天赋，照样能接受良好的钢琴教育。

我的目光移向典子白嫩的脖子。我可以给这个理所当然地拥有幸福的小女孩带来突如其来的不幸。我感觉自己的手指在动，像在做准备活动一般，十指蠢蠢欲动。

正在这时，我的视线突然变得模糊，还伴着轻微的眩晕和恶心。整个房间似乎都在晃动。琴声渐远。是典子在弹吗？不，不是她。那琴声仿佛从遥远的记忆中传来。

有人在摇我的肩，我仰起脸。清醒过来时，我发现自己跪着趴在钢琴上。

"怎么了？"转身一看，把手搭在我肩上的是直子。嵯峨一脸担心地站在后面，典子站在他旁边，怯怯地看着我。

"您还好吧？"嵯峨关切地问。

"没事，只是刚才有点头晕。"

"刚才您也这么说，是不是有些累了？"

"嗯，大概是吧……今天就此告辞了。"

"还是这样比较妥当，我送您。"

"真抱歉。"我起身表示歉意。

典子在嵯峨身后探着脑袋对我说："下次再来哦。"

"噢，下次见。"我答道。

直子似乎极度不安，用眼神示意一会儿再跟我谈。

回去的路上，嵯峨不断询问我的身体状况，我多次回答已经没事了。"我更担心的是，刚才吓着典子了。请您代我向她转达歉意。"

后视镜映出嵯峨的笑容："没被吓着，只是有些吃惊，她不是对您说了'下次再来'吗？那孩子很开心。"

"那就好。"

嵯峨父女一定没想到，那一刻我对典子起了杀心。

"请一定再次光临，到时候一定带上您的女朋友。"

"……好啊。"

"这次真遗憾没见着她，她很可爱吧？"

见我没说话，直子接道："嗯，很可爱。"

嵯峨一边转动方向盘一边点头："和那个女孩交往多久了？"

这话触动了不愿去想阿惠的我。"差不多一年半。她在我常去的画具店工作。"

"噢，原来是这样。对了，听说您会画画。怎么样，最近有新作吗？"

"没，最近没怎么画……"我含糊地说。

"是吗，大概是太忙了。我有个朋友也经常有作品参展，虽然入选的只是极少数的作品。他成天抱怨说总是白忙活呢。"嵯峨似乎想迎合我的喜好，并没有打算将话题从画画上移开，而对我来说这话题却并不那么愉快。

"可以打开收音机吗？"趁着交谈的空隙，我说，"想知道职业棒球联赛的结果。"

"哦，好啊，不知道今天战况如何。"嵯峨按下开关，传来的却是交响乐。

"莫扎特。"直子说。

"是啊，我记得有个台是播棒球的……"

"不用了，听这个就行。"我阻止了嵯峨再去转台，"听这个比棒球更好。"

"也是，想知道棒球比赛的结果可以去听新闻。"

狭窄的车内飘荡着美妙的音乐，有一种亲临现场的感觉。直子和嵯峨似乎也暂时沉浸在了音乐中。

"典子的钢琴要是能弹到这个程度就好了。"演奏结束后，嵯峨苦笑道，"音乐方面的才能据说在三岁就定型了，也许现在为时已晚。"

"典子肯定没问题的，对吧？"直子问我，我象征性地点了点头。

坦白地说，就凭刚才听到的演奏，我不觉得她有什么天分，但也没必要在这里让乃父失望。

"对了，听说那个男的也想当音乐家。"嵯峨的眼神在后视镜中看起来意味深长。

"那个男的？"我重复了一遍。

"京极瞬介，就是那个打了你的强盗。"

"哦……"不知为何，我好像很久没有听到这个名字了，"他搞音乐？"

"据说还是真格在做呢，音乐学院毕业的。详细情况我也不了解。"

"听说经济上似乎不太宽裕。"

"没错，所以听说学习相当刻苦。他那去世的母亲好像也是个坚强的人。"

据说京极的父亲就是那家房产公司的老板，但从来没给他们母子任何援助。

"哦，那家伙是做音乐的……"我心里似乎有个疙瘩，难以名状，总在内心深处挥之不去。

京极是搞音乐的……

那又怎样？这种事简直司空见惯。我好像还在某个杂志上看到过，音乐是全世界年轻人最关心的话题。

"似乎让您想起那些不愉快的事了，都怪我太迟钝。"见我一言不发，嵯峨关心地说。

看看一旁，直子也正看着我。我下意识地察觉她和我在思考同一个问题。从她朝我皱眉、微微摇头的动作就可以看出，她似乎在说：怎么可能会有那种事。

终于到了公寓，我向嵯峨道谢，直子也跟着下了车。

"不让他再送你一程？"我问。

"不能让你一个人待着。你别胡思乱想了,不可能有那种事的。"

"怎么能说是胡思乱想?没有比这更说得通的了。"

"堂元老师他们怎么会做那种疯狂的事呢?"

看我们一直站着说个不停,嵯峨似乎也有些诧异。

"你上车吧,反正今晚我要一个人好好想想。"我把犹豫不决的她推进车后座,再次向嵯峨道谢。

"再见。"嵯峨发动了车子。

我目送车子离开。直子就那么一直望着我,似乎还有什么话要对我说。

26

第二天是周一,我又请了假。虽被上司嫌弃,这也是我权利范围之内的事。

我去警察局找仓田警官。他们让我去窗口登记,然后在等候室待着。所谓的等候室里只搁了张破旧的长椅和一个肮脏的烟灰缸。

过了大约十分钟,他来了。还是那张略微发黑的脸,鼻子和额头上泛着油光,卷着衬衫袖子,看上去精力充沛。

"呵,看上去挺精神的嘛。"他一见我就说。如果他心里果真这么想,这人的观察力也不怎么样。

"在您百忙之中打扰真是不好意思。我有件事想跟您打听一下。"

"哦?什么事?"

我舔了舔干燥的嘴唇:"是关于那个强盗,好像是姓京极。"

"哦,"他看看表,说,"找个安静的地方谈吧。附近有家不错的咖啡馆。"

他推荐的那家店的咖啡并不怎么好喝,只是一味得苦。不过,坐在最靠里的座位谈话不必担心被谁听见,很适合密谈。

"京极的家现在怎样了?"我问。

"详细情况我也不知道,事件发生之后是他妹妹在住。不知道现在怎样了,也许搬了。"

"他有妹妹?"

"你不知道?这么说他妹妹没去看过你?代替死去的哥哥去赔罪是情理之中的事,真不像话。"

"想不到京极还有个妹妹。听说他母亲未婚,那样的条件下还生了两个?"

"她也不是乐意才生的。"他说,"他们是双胞胎。"

"双胞胎?"真是令人意外的消息。

"再加上番场一直不愿意承认他们母子,真是雪上加霜啊。妹妹叫亮子,汉字这么写。"他用手指蘸着水在桌子上写了一遍。

"知道她的住址或者联系方式吗?"

"倒是知道,你问这些想干什么?我理解你心里的怨恨,但人都已经死了,把怨恨撒到他妹妹身上也不能改变什么。"

我动了动嘴唇:"我没想干什么,只想多了解一些关于京极的情况,住院太久,都没机会了解他。"

我以为他又要问我了解京极有什么目的,他却干脆从口袋里掏出记事本。

"刚才也说了,这个地址可能没人住了。"

"没关系。"

他把住址和电话号码念了一遍。在横滨。我从裤袋里掏出本子和圆珠笔记下来。

"京极本来打算当音乐家?"记完之后,我假装不经意地问道。

仓田点点头:"好像是想当钢琴家,但并不顺利,出事之前好像在酒吧和小酒馆弹琴。"

"为什么不顺利?"

"呃，不管怎样，艺术的道路总是艰难的。"

这个道理我也很明白。

没什么可问的了。"我该走了。"

我起身去拿账单，他抢先了一步。"这点小钱就让我来吧。再说以前您也帮过我。"

"可惜没帮上忙。"

他眯起一只眼苦笑道："说到我的痛处了啊。就算没帮上，我们的工作不就是在这种情况下想尽一切办法破案吗？你的证言对案子的解决还是有帮助的。"接着他搭着我的肩膀说，"事情已经了结。你还是尽快把它忘了，这样才能重新开始啊。"

我浅浅一笑。这是对一无所知的警察的嘲笑。事情已经了结？应该说才刚开始。

他大概把我的微笑误解成一种善意了，高兴地朝收银台走去。

在咖啡馆前和仓田分手后，我直接向车站走去，途中在一家小书店买了地图，试着查了查刚打听到的地址，坐电车过去也花不了多长时间。

我毫不犹豫地买了票，穿过检票口。

昨晚思考了一夜的结果是一定要彻查京极。在嵯峨的车里一闪而过的想法始终盘旋在我脑海里，看来不把事情弄明白，我就无法往前走。

关于是谁给我捐赠了脑的问题，到目前为止，我被告知是关谷时雄，事实果真如此吗？

从时雄父亲的话来看，时雄是个胆小怕事的老实青年，简直就像从前的我。

这和我的假想对不上号，这个假想是：我最近的人格变化是由于受了捐赠者的影响。情绪激烈波动、过度敏感和容易冲动，都是我以前不曾有过的，那么是否可以认为，捐赠者的个性以某种方式在我身上表现了出来？

但从关谷时雄的父亲的话里看不出他有类似的性格特征。难道是这个假设本身有问题？人格变化是由别的什么原因引起的？

昨晚嵯峨的话给了我另外一种可能。他说京极曾经想当音乐家。

我无法忽视与此相符的几个事实。关键词就是音乐和钢琴——大闹酒吧时是这样，听嵯峨典子演奏时也是这样，我的脑对钢琴声显示出异常的反应。

其实，我觉得捐赠者不是关谷时雄而是京极瞬介这个想法，也并非有很大的跳跃性，反倒是除此之外的解释都过于牵强。还有什么原因会让一个对音乐漠不关心的男人乐感突然变好呢？

这样，堂元博士他们隐藏捐赠者身份的原因也就很好理解了。无论如何，京极都是个罪犯，移植这种人的脑肯定会产生许多社会伦理问题，更何况患者还是那个罪犯的受害者。博士他们无视我人格变化的原因也解开了。一旦追究那一点，捐赠者的身份就有暴露的可能。关于我受了京极的脑的影响这一点，他们肯定早已心知肚明。前些天若生久违地给我做了听力测试，那肯定是为了测试我身上有没有表现出作为音乐家的京极该有的特质。检查结果肯定是积极的，我有自信几乎可以拿到满分。那个奇怪的心理学家的精神分析肯定也是为了寻找我身上潜藏着的京极的影子。

当我清楚地意识到这些，就更想仔细调查关于京极的一切。至于查了之后有什么打算，目前我还没来得及考虑。我只是迫切想知道事情的真相，想知道阻止我继续变身的方法。如果最后还是无法阻止我变成另一个人，至少我得知道最终的结果是什么。这是我应有的权利。

一路上我换乘了几次电车，终于在两个小时之后到达了要去的车站。宽阔的街道就在旁边，这是个大站。

我在派出所打听了一下，京极家走几分钟就能到。派出所外面就有一个公用电话。似乎该打个电话通知对方，但我还是迅速离开了。不给对方任何心理准备也许更有利于找出事情的真相。

我照警察说的顺着大路往前走，接着走进一条狭长曲折的小路。路旁停了好多车，导致道路更加狭窄。路旁密密麻麻地盖着小房子和公寓。

京极的家就在那些房子当中，占地面积大概有十几坪[①]。那是一幢古旧的木质两层小楼，墙壁早已被熏得发黑，阳台上的扶手也像得了皮肤病似的锈迹斑斑。只有大门似乎是最近才换过的，异常显眼，反而让人觉得更加凄凉。门牌上写着"京极"，看来房子还没有转让给别人，但也不能保证还有人住在里面。

我试着按了按墙上简陋的对讲机，听见屋里门铃响了，连按了两次都没人应答。

"找京极有事吗？"旁边突然响起一个声音。隔壁家的窗口现出一个主妇模样的女人。她留着短发，看上去三十多岁。

"有点事……她现在不住在这里了？"

"还住着呢。现在应该是出去工作了，总是要到夜里才回来呢。"主妇歪着嘴，样子有些丑陋。

"上班的地方在这附近？"

主妇冷笑道："不知道那算不算上班的地方。"

"她是拉客户的？"

"给人画像的。好像还打些别的工，反正都干不久。"主妇的表情

[①] 1坪约合3.3平方米。

显然不是出于同情而是幸灾乐祸。我觉得眼睛下面的肌肉开始抽动。

"您知道她在哪儿画吗？"

"唉……别人家的事跟我也没什么关系。"主妇装出一副对别人的事漠不关心的样子，"周末会到比较远的地方去，像今天这样的日子也许会在车站前面吧。"

"车站前面？"

"嗯，大概是……您在调查什么吗？"主妇似乎对我的来历以及找京极的目的颇有兴趣。我敷衍着匆匆离开。

回到车站，我又去了派出所问附近有没有给人画像的。警察想了想，说在车站东路好像见过几次。

车站东路是条面向年轻人的商业街，商店里卖的都是少男少女们喜欢的东西，走在街上的也大多是些高中生模样的孩子。

画像的摊子摆在薄饼摊旁边。摆好的画架前坐着一个身穿T恤衫、牛仔裤的女人。没有顾客，她正在看书。从摆出来的样品画看，她的画功相当不错。

我慢慢走近。她低着头，看不清脸。似乎感觉到了我的气息，她抬起头。她留着短发，脸晒得发黑，细长而向上挑起的眼睛让人印象深刻。

看到她的一瞬间，我全身僵硬，不知该说什么，也不知该做出怎样的表情。我不由得开始冒汗。

见了就会明白——我当初就是这么想的。就像见到关谷时雄的父亲时直觉告诉我，我和这个男人肯定毫无关联一样，我想，如果京极瞬介的脑真被移植给了我，见到他的亲人时我一定能感觉到。

这种想法果然是对的，而且我的反应比预想的更加强烈。

我确定自己和眼前这个女人有着关联，虽是一种看不见的关联。我能毫无保留地接收她身上发出的所有信号，我和她是一体的。这种如同心电感应一般的冲击似乎与京极瞬介和这个女人是双胞胎也有关。

"喂,怎么了?"看到一个怪异的男人僵在身边,她似乎觉得可疑。作为女人,她的声音显得低沉而沙哑。

"哦,没什么。能帮我画张像吗?"

她似乎根本没想到我会是顾客,一时间不知所措,过了一会儿才把书收到一边。"画肖像?"

"嗯,看来是坐这儿。"我坐在一把简陋的折叠椅上。

"想画成什么样的?写实的还是稍稍美化的?"

"就按你看到的画。"

她盯着我观察了一会儿,开始动笔,不久又停了下来,带着不可思议的表情问我:"经常来这边吗?"

"不,今天是第一次。"

"哦。"她思索了一会儿,马上调整思绪转向画纸。她的笔触看上去很美妙,像指挥家握着指挥棒一般充满激情。

"在哪里学的画?"我问道。

她没有停笔:"基本上是自成一派。只跟熟人学了点。"

"已经很了不起了。"

她扑哧笑出声来。"从你那边明明看不到我的画。"

"不看也知道。"

她目光锐利,问道:"你也画画?"

我想了想说:"不,不是。"现在的我已经不同了。

"呵,说话真奇怪。"她再次动笔,"别在意我的说话方式哦。我不擅长说敬语,一被那些麻烦的规则限制,我就舌头打结。"

"现在这样就行。"我注视着专心致志为我画像的亮子。这样待着,似乎我们俩的心电波频率都一致了,连她的微微呼吸声我都听得清清楚楚。

她流畅地画着，只是神情越来越不正常。她时不时盯着我的脸看，似乎很疑惑。

"怎么？"我试着问道。

"问得奇怪你别介意，"她似乎有些不好意思，"我们在什么地方见过吧？"

"和你？没有。"我摇摇头。

"是吗？应该在哪里见过，不然怎么会有这样的感觉呢？"

"什么感觉？"

"那是……说不出来，但就是有那么一种感觉。算了，大概是我的错觉。"她似乎有些焦躁不安，笔尖刚碰到画纸就停下来，使劲抓起短发，"对不起，这幅画毁了。不知怎么的就是不能集中精神。"

"给我看看。"

"不用了，我重画。"她把画纸取下来，几把撕碎，"我不是找借口，但今天这种情况还是第一次，不知怎么了。"

"没关系。"

"你有时间的话，我再好好给你画。"她拿出新画纸，困惑不解地看着我，"喂，真的没见过吗？"

"见倒是没见过。"

"哦……"说着，她像是注意到了我刚才的话，"'见倒是没见过'是什么意思？"

"我知道你的名字，京极亮子小姐，你或许也知道我的名字。"

"啊？"她有些警觉，"你是谁？"

我慢慢吸了口气，说："成濑纯一。"

"成濑……"几秒钟之后，她对这个名字有了反应。她的脸上仿佛平静的水面激起波澜一般，显出警惕的神色。她瞪着双眼，张大了嘴，似乎屏住了呼吸。

"我是来见你的。"我说,"见到你太好了。"

她咬着嘴唇,突然无力地垂下头。"对……不起。"

"为什么要道歉?"

"那个……因为我一次都没有去看过你……我是觉得非去不可的,但总是下不了决心……"亮子再次向我低头道歉。

"我对你没有什么不满。当然,我不否认对京极瞬介抱有怨恨。"

"我代瞬介赔罪……"她突然语塞。

"算了吧。我来不是为了看你愧疚的脸,是有好多事情想问你。能不能找个地方好好说话?"

"去我家吧。"

"工作怎么办?"

"今天就算了。你不来的话我都准备收工了。"亮子把工具收拾好,装到停在旁边的摩托车后架上,然后跨上车,以和我同样的速度慢慢骑着。

回到我刚才去过的房子,她把我引进屋。一进门就是厨房,里面是一间六叠大的房间,我们面对面坐下。厨房旁边是通向二楼的楼梯。楼梯紧靠着水池,看样子做饭很不方便。

"不好意思,家里挤得很。"亮子边说边给我倒茶。

"一直住在这里?"

"嗯,这个房子好像是母亲从外公外婆那里继承的。我和瞬介都是在这里长大的。"

我环顾四周,天花板发黑,墙上也有不少脱落的地方。似乎装修过很多次,但还是赶不上屋子老化的速度。在这栋房子里,我感觉到一股强大的能量。它感染着我,让我的心得到一种前所未有的安宁。我想,这里果然是京极瞬介出生成长的地方。作为我头脑的一部分的他回应了这个令人怀念的家的呼唤。

"我真是吓了一跳，"亮子深有感触地说道，"没想到你竟然会来这里，应该我主动去问候你才是。"

"别说了。"我有些厌烦，"我不是为了这个来找你的。"

"也是啊，对不起。"她把茶杯举到唇边，却没喝茶，看着我的脸。"刚才见到你的时候就觉得不是一般的顾客，总觉得在什么地方见过似的。也许是因为那起事件发生时，警察给我看过你的照片。"

我在心里答道，应该不是这样。她似乎也察觉到了双胞胎哥哥正在透过我的身体呼唤着她。

"可以跟我说说京极瞬介吗？"我问道，"我现在总算缓过一点来了，这些日子想好好整理一下思绪，也想了解一下有关他的事。"

"那件事对你来说，肯定是一头雾水。"

"听说案发前他母亲去世了。"

亮子点点头，然后用手指着胸口。"心脏病，身体基本上不能动，几乎是卧床不起的生活。完全治愈是不可能的，只是在勉强维持生命。但医生说如果动手术多多少少会好些，这么一来只有动手术了。我和瞬介为了筹手术费四处奔走，可最终还是没来得及。母亲得了重感冒，就那样痛苦呻吟着过世了。"

"听说你们也去找过那个房地产公司的老板？"

"最初我们俩都不愿意欠那人的情，他是这个世界上最令我们憎恨的人。但后来想尽办法也筹不到钱，瞬介只好去找他了。结果和预想的一样，他不仅拒绝了瞬介，还说得很难听。"亮子轻轻叹了口气，继续说道，"母亲就是在那之后一周去世的。"

"母亲的死似乎是导致他做出那件事的原因。"

她点点头。"瞬介对母亲的爱强烈得难以用语言表达，也许可以说是爱得惊人。母亲死的时候，他一整天都关在屋子里又哭又喊，我真担心他就那么发狂死掉。遗体入棺之后，他也不肯离开，我真是愁死了。"

我心里嘀咕着,莫非是恋母症?

"在火葬场也发生了类似的事情。开始火化遗体不久,瞬介对工作人员说:'把我母亲拉出来!'"

"拉出来?中途?"

"就是啊。我想,他大概是不能忍受深爱的母亲就那样被烧掉才说的。工作人员也这么想,于是就劝他,如果不这么做,母亲的灵魂就不能成佛什么的。"

"他怎么说?"

"他说并不是不让烧,他也知道事已至此不烧是不可能的,但他不愿意看到最后取出来的是那些焦黑的骨灰,如果可以,他想一直看着母亲被火化的过程,但那似乎也不可能,至少让他在烧到一半的时候看一眼——他就是这么说的。"

我感到背脊有些发麻。"那工作人员后来怎么办?"

"他们说恕难从命。"亮子笑了笑,"这种事以前没有先例,也违反规则。可瞬介还是无法理解,吵嚷着快把母亲弄出来。我对他说,妈妈也是个女人,作为一个女人,谁都不愿意让别人看见自己被烧焦的模样,你就忍一忍吧,别为难妈妈了。瞬介终于安静下来,可当时在场的人都觉得瘆得慌。唉,不过那也是理所当然的。后来,他就那样一直念叨着,妈妈要被烧掉了,妈妈要被烧掉了……"

妈妈要被烧掉了……

一瞬间,我的眼前浮现出火焰愈来愈旺的景象,似乎有人透过火焰向我伸过手来。

"从那之后瞬介就变得有些不正常了,一方面责备自己没能救活母亲,一方面怨恨那些不愿帮我们的人。但我怎么也没想到他会做那样的事情……"亮子哽咽着,声音充满苦涩。

我回忆起京极的眼睛——那双死鱼眼一般的眼睛。那双眼睛里，对人的绝望和怨恨似乎把他所有美好的情感都抹杀了。

"听说京极以前想当音乐家？"我问道。

"嗯。母亲很早就发现了他的天赋，虽然生活艰难，还是想办法让他学音乐。母亲的优点还表现在不仅仅是对瞬介，对我也同样关怀。可惜我没有瞬介那样的天分。"

"你不是会画画吗？"

亮子皱起眉，眯着一只眼睛说道："那也算？就算是吧。"

"京极在哪里练琴？"

"二楼，要去看吗？"

"我想看看。"

京极的房间有四叠半大，除了书架和钢琴之外，散乱堆着些不值钱的杂物。亮子马上打开了窗户，但屋子里的热气仍令人窒息，原因是整面墙上覆盖着纸板箱和塑料泡沫板。

"这是瞬介为了隔音弄的。"亮子见我望着墙壁，便说道，"这么弄一下还是有些效果的。"

我走近钢琴，打开琴盖。象牙色的琴键看上去如同化石一般，但指尖随意触到琴键时发出的厚重声音又把我拉回现实。

京极曾经在这里生活过。

我能感觉到我的脑对钢琴声有反应。京极曾经住在这里，现在他又回来了。

亮子说去拿点冷饮，下楼去了。我坐在钢琴前，体会琴键的触感。已经不用怀疑了，捐赠者就是京极。他的脑正在一步步影响我的脑。

我感到轻微的头晕，于是闭上眼，用手按着眼角。再次睁开眼的时候，发现脚边有一架小玩具钢琴。我弯下腰仔细观察。那应该是件很久以前的东西了，但上面几乎没有一点划痕。除了蒙上了些灰尘、边角有一点锈迹之外，它基本上和新的一样。

我敲了一下小小的键盘，传来的是一种金属般的简单声音，但好歹能辨别出音阶，能弹奏出非常简单的旋律。我用一根食指试着弹了一段尽人皆知的儿歌。

回过神来，亮子正端着托盘站在身后目不转睛地望着我。

"这应该是个很有纪念意义的东西，也是京极的？"我说。

"小时候母亲买的。本来是给我买的，可基本上是瞬介在玩。他把这玩具钢琴当成藏宝盒一般珍藏着，母亲死后，他还不时地拿出来弹。"说着她摇摇头，"啊，我似乎有种奇妙的感觉。和你这么待着，好像瞬介回来了一样，你们俩明明长得一点也不像啊，难道是气质相似吗？"

我不知该说什么，沉默着。

亮子见状有些尴尬："对不起。被说成跟那种疯子相像，肯定不开心了吧？"

"没有，不要紧。"我像他是理所当然的。

亮子把啤酒倒进杯子。我要避免饮酒，今天却想喝。我喝了一口啤酒，重新看了看周围。书架上满满摆放着有关音乐的书籍。

"他是个学习狂啊。"

"是个不知道偷懒的人。"她回答道，"'没时间'是他的口头禅，总说没时间学习、没时间练琴，看见别人浪费时间也无法忍受。我也因为拖拖拉拉被他教训过好多次呢，说什么没有进取心的人活着没有意义。"

"周围的人都没被他放在眼里？"

"也许吧。"她点头，"他基本上蔑视所有人。从很早以前就是，上学的时候也恨过老师，说为什么非要把他宝贵的时间交给那种低能的教师。"

这些事听上去就像是我自己的回忆一样。可事实上，不管怎么回忆，我都想不起来自己曾经轻视过老师。

"京极的兴趣只有音乐？别的，比如说画画什么的呢？"

"画画？啊，不行不行。"亮子一边喝着啤酒，一边挥着另一只手，"瞬介在画画这方面完全不行。上小学的时候就说最讨厌画画了。奇怪吧，我倒是能画画，音乐却完全不行。他跟我正好相反。明明两个都是艺术啊。"

我解释说大概是用脑的方式不一样。京极把所有精力都投入到音乐里，拒绝了其他一切创造性活动。

我一只手拿着酒杯，另一只手随意敲着玩具钢琴。这琴跟我明明没有任何关系，我却有一种遥远记忆即将被唤醒的感觉。

"我知道这么说很失礼，"亮子稍有顾虑地说道，"但感觉你和瞬介真的很像。现在就像是和瞬介在一起。我和他在一起的时候最幸福了，有种特别安宁的感觉，现在和你在一起也有那种感觉。"

"真是不可思议。"

"嗯，不可思议啊，感觉瞬介就在身边似的。"她的眼神恍若沉浸在梦境中一般。

"我想拜托你一件事，"我说，"可以把这个玩具钢琴送给我吗？"

亮子似乎没听明白，半张着嘴。"我倒无所谓，你拿这个干什么？"

"没什么特别的理由，就是莫名其妙地想要。"

亮子看看钢琴又看看我，过了一会儿终于微笑道："好啊，你拿回去吧，反正留在这里也没用。而且……"她吸了口气继续说道，"我觉得那对这个钢琴来说也是最好的归宿，好像它就该由你继续保管。"她到隔壁房间取来一个大纸袋，小钢琴放在里面正合适。

"打扰你很长时间了，我该回去了。"我拎着纸袋站起来，"不好意思，给你添了那么多麻烦。"

"没有。"亮子摇摇头，"能见到你太好了。"

"让你想起难过的事了？"

"没关系。再说，前不久已经有人来打听过瞬介的事了。"

正要下楼的我又停住脚步回过身来。"打听京极？谁？"

"说是在东和大学研究犯罪心理学的两个人。我记得好像姓山本和铃木。"

"东和大学的？"我想不起有姓山本和铃木的人，"他们长什么样子？"

"两个男人，一个是满头白发的老爷爷，另一个是年轻人，瘦瘦的，不知为什么给人感觉有些阴沉。"

肯定是堂元和若生。若他们俩也在调查京极，就更加证明我的假说成立了。他们果然也注意到了我的变化是受到京极的影响。

"那两个人做了什么？"她有些担心地问。

"哦，没什么。这个世界上总有些人在研究无聊的东西。"

下了楼，我又转向她："你给了我不少参考。"

"啊？我不太明白你的意思。"

"不知道也没关系。"我向她伸出右手，"再见，多保重。"

亮子稍稍迟疑了一下，向我伸出了手。我们握了手。

刹那间，我热血沸腾。全部神经都集中到手掌上，头脑中的电流正传向手腕，同时，她身上的信号似乎也在源源不断地侵入我的头脑最深处。

我望着亮子，亮子也望着我。

"啊，太不可思议了。"她小声嘀咕，"不知为什么，感觉像是一见如故。"

"我也是。"我说道，"好像要喜欢上你似的。"

亮子抬头望着我，眼睛湿润了。"我得向你道歉。你说的我都会听。"

我有一种想拥抱她的冲动,我知道她也如此。

"你爱京极?"

"别胡乱想象。他就像我身体的一部分,我也是他的一部分。"

我感觉脑电波和她一致了,是京极在渴求这个女人,我想抱她,是在受着京极的支配。

亮子的脖子上开始冒细汗,打湿的T恤紧紧地贴在皮肤上,显露出女性姣好的身段。我感觉到两腿间的变化。不行,不能被京极控制。

我使劲摇摇头,把手狠狠甩开。我和亮子仿佛顿时失去了感应。她似乎也感觉到了,落寞地望着自己的手。

"今天来这里挺好。"我说。

"下次再来的话……"她说到一半又摇摇头,"我不该这么说。"

"我们最好还是不要再见面了。"我注视着她的双眼,"再见。"

"再见。"她也小声说。

我走出大门,离京极家越来越远,总觉得有什么东西在牵绊着我,仿佛硬要把磁石的南北极分开时遇到的抵抗力一般。直到我上了电车,那种抵抗力还持续了很久。我一直望着被她碰触过的手。

随着电车渐渐接近我住的街区,对京极亮子和那栋房子的感觉也逐渐淡化,我也无比真切地感到刚才那种精神上的安宁在逐渐消失。内心的愤怒和怨恨涌了上来,怒火不断升温,仿佛就要冲破我的身体。

27

　　夜晚的大学有一种独特的氛围，表面上黑暗而寂静，但又不是完全沉睡过去。走在校园里，总能感觉到人留下来的气息，还能看见星星点点亮着灯的窗子。

　　搞研究原来就是这样的，不眠不休地进行，不这么做就无法取得进展，也不可能超越别人。恐怕那帮研究脑移植的家伙们也是这样。

　　光线极暗，和白天给人的印象大不相同，但我还不至于走错路，毕竟都是早已走惯了的。我走进那幢不知去了多少次的建筑，登上不知走了多少遍的台阶。

　　房间的灯绝大多数都灭了，唯独堂元的房间里透出一丝光线，果然不出所料。至少没白走一趟，我放下心来。

　　我没敲门便直接把门拉开。室内冷气很足，一进门就感到一阵凉意袭来。透过书架可以看见正伏案工作的堂元的背影，他似乎没有察觉到门被打开了，可能是空调的声音遮蔽了动静。

　　我走到房间中央，把纸袋搁在大桌子上，故意弄出很大的声响。那家伙终于注意到了，连忙竖起脖子转向我。

　　"什么呀，原来是你。"堂元做了个深呼吸，像是想极力稳住上升的血压,"怎么了,这么晚了还来这里?"

"你知道这是什么吗?"我把东西从纸袋里取出来摆在桌子上。

"好像是玩具钢琴啊。"

"是的,就是那种小女孩家里必备的玩具。"我敲了一下键盘,金属质的声音回荡在房间里,"是京极瞬介的。"

堂元脸色大变,睁大了眼。"你去了京极家?"他的声音有些颤抖。

"刚见了他妹妹,就是那个京极亮子。"

"啊?"博士从椅子上站起来,"你到底去那里干什么?"

"干什么?"我走近他,"这不是明摆着吗,我想知道真相。我已经受够谎言了。我有权知道我脑袋里装的是谁的脑。"

"我不明白你说的是什么意思。关于捐赠者,我想我以前就对你说过了。"

"你刚才没听清楚吗?我说我已经厌倦谎言了。你告诉我的只是欺骗世人的说法,真正的捐赠者是京极瞬介。"

博士使劲摇头:"你这么说究竟有什么证据?"

"我也调查过关谷时雄,他和我的性格变化怎么也联系不上。京极生前的状况却和我现在的状况有不可忽视的一致性,就像影子和身体一样。"

"一派胡言!首先,你的性格根本没有发生变化。"

"够了!"我怒吼道,"你手里的证据要多少有多少,因为进行了那么多的测试!前几天的音感测试难道不是显著表现了京极对我的影响吗?"我把整个手掌按在键盘上,"也许你们以为这样就能蒙骗我,可你们有两点想错了:第一,我的性格正在被京极影响;第二,忽视了现在科学还无法解释的东西的存在。"

"科学无法解释的东西?"

"直觉。"我用指尖敲敲头,"现在就让我向你这个脑科权威报告,人类的脑有不可思议的能力。我和京极亮子在一起时,有一种惊人的一体感,她似乎也有同感。你再怎么费尽心思隐瞒,我也不可能忘了那种感觉。"

堂元的眼睛里射出一种和以往不同的目光,似乎不是在思考怎么糊弄我,而是对我的话产生了兴趣。但他还是反复地对我念叨:"不管你说什么……捐赠者都是关谷时雄。"

"别装傻了!"我迈出一步,双手抓住他的衣领,"亮子对我说了,你和若生不也在调查京极瞬介吗?你们到底去干什么?"

"我……不知道。"

"怎么可能不知道。"我把博士按倒在桌子上,"要我把京极亮子带来吗?如果她看了你们的脸之后说不是你们,我就信。那种可能想必根本就不存在。"

堂元把脸扭向一边,闭上眼,似乎决心无论如何也不说。我揪着他的衣领把他拖起来,然后猛地推开。老头子一个趔趄跪在地板上。

"我要把这个消息卖给报社。"我说,"世界首例脑移植患者这块招牌还没生锈呢。我要是把这个消息告诉那些人,他们肯定得飞奔过来。被移植的脑片竟然是罪犯的——那群人要是知道了,必定会想方设法找到证据的。就算找不到,这个消息也会传遍大街小巷。"

堂元拾起眼镜,重新戴上,然后抬头看着我。"为什么?为什么你那么想知道关于捐赠者的事?我们不是保证会对你的脑负责到底吗?"

"你不会懂的。胡说什么脑不是特殊存在的你,怎么会懂?脑毕竟还是特殊的。你能想象得到吗?今天的自己和昨天的自己不同,而明天睁开眼的时候,站在那儿的又不是今天的自己了。我只能感觉,那些遥远的往事都成了别人的回忆,那些花了好长时间培养的东西正在一点一滴地消失。你知道那意味着什么吗?我告诉你吧,那就是——"我用食指戳着堂元的鼻尖,"死亡!所谓活着,并不是单纯的呼吸、心脏跳动，也不是有脑电波，而是在这个世界上留下痕迹。要能看见自己一路走过来的脚印，并确信那些都是自己留下的印记，这才叫活着。可现在，我看着以前走过的足迹，却难以相信那是自己留下的痕迹。活了二十几年的成濑纯一已经不在这个世界上了！"

一口气说完这些话，我有些喘不过气，狠狠地瞪着堂元。他也在注视着我。

"新的，"那家伙终于开了口，"你不能把现在想成是一个崭新的开始吗？不少人都想重新投胎再来一次呢。"

"重生和一点点失去自我不一样。"

堂元听着我的话微微点头，站起来拍拍身上的尘土，然后伸手去碰桌上的红色小钢琴。"刚才你的话是真的？"

"什么？"

"关于你和京极亮子之间超感应的事。"

"是真的。也许就是所谓的心电感应。"

"常常听说双胞胎身上存在这种能力。"堂元敲了两三下琴键，"这世上还真有不可思议的事啊，的确如你所说，我们失算了。"

"你承认捐赠者是京极了？"

堂元为难地皱着眉，不停眨眼，最后终于张开紧闭的双唇："没错，捐赠者是京极瞬介。"

我长长叹了口气，无奈地摇头。"虽然我早已确信了，还是觉得深受打击。"

"我想也是。所以站在我们的立场上，也只有想方设法隐瞒。"

"为什么要用京极瞬介的脑？"

"这个我很早以前就对你说过了，当时情况紧急，不得不用他的脑。"

我回想起堂元曾经和我说过的话。"配型？"

堂元点头。"说关谷时雄的脑适合你是骗人的。事实上情况相当严峻，但我们还是想尝试进行脑移植，机会实在太难得了。当时就有两种意见存在严重冲突：一种认为即便稍稍冒险也要进行，一种认为史无前例所以要慎之又慎。"

"正好这时京极的尸体被运来了？"

"对，我们抱着十万分之一的希望进行了配型测试。说实在的，那时我们根本没时间去想移植罪犯的脑会产生伦理问题什么的，虽说抱着十万分之一的希望，心里想得更多的还是不可能真的有那么巧。没想到结果令人惊叹。以前我也说过，成功概率为十万分之一的奇迹竟然发生了。"

"放弃这个奇迹实在太可惜，你们就对罪犯的脑这个事实睁一只眼闭一只眼了？"

"那也是原因之一，但还有一个更重要的外因。"堂元紧紧皱起眉头。

"外因？"

"在背后支持脑移植研究项目的是一股强大的势力，他们指示我们务必要实施移植手术。"

"和政府有关？"

"你这么想也无妨。他们下的指令是不要放过这个机会。罪犯京极的尸体本应接受司法解剖，而事实上司法解剖和脑移植是同时进行的。当然，那个记录在哪里也找不到，能做到这一点也是因为背后的强大势力。"

"为什么那股庞大的势力要支持这种手术？"

"那还用说，他们想尽快确认脑移植手术的可行性，尽快完成这种技术。他们剩下的时间不多了。"

"他们？"

"也许该说是他们的脑吧。"堂元双手抱头,"就是掌控当今世界的那些老人。随着医学的进步,肉体的衰老大大减慢,他们能控制世界的日子也在拉长,但对于脑的衰老却无能为力,就算进行些耍小聪明的治疗,也终究赶不上神经细胞死亡的速度。他们害怕丧失尊严的那天即将到来。"

"所以就把希望寄托在脑移植上?"

"他们相信这是最后一条路,就是逐步用年轻的头脑取代濒临死亡的大脑。也可以说是近似于复活。"

"疯子!"我不屑地骂道。

"是吗?我倒觉得是很正常的欲望。想移植心脏、肝脏就是正常的,想移植脑就不正常了?"

"我这个病例就证明不正常。没错,移植脑的确有可能,但如果变成和昨天的自己不一样的人又有什么意义?"

"这样的话,是因为你现在活着才说得出来。"堂元指着我说道,"当你在死亡边缘徘徊的时候,如果有人问你,救你的命需要移植别人的脑,并且以后会有人格变化的可能,你会接受手术还是情愿就此长眠地下?"见我一时无言以对,他接着说,"他们也一样。刚才你说活着就是要留下痕迹,我也这么认为。你说以前留下的痕迹已经不归现在的你所有了,那又有什么不好呢?重生的你一定会有属于你自己的新足迹。可他们却终归……"堂元摇摇头,"他们会忘记自己的足迹留在什么地方,甚至忘记自己曾经留下过足迹这个事实。你知道吗?有一天会连家人都认不出来。与之相比,喜欢的女人类型变了之类的改变又算得了什么?"

"有杀人的冲动也不算什么?"

"我同情你的处境。很遗憾,京极瞬介实在不是个精神正常的人。但你要明白,如果当时不做手术,能救活你的希望微乎其微。"

177

"也就是说，你们认为这次的人体试验是成功的？"

"我认为是迈出了伟大的第一步。"

我叹了口气，把红色钢琴放回纸袋。已经没什么可问的了，我也不想再问。

"给你一个建议。"堂元说，"京极瞬介的精神有问题。没想到那些症状会在你身上表现出来，但也不是说完全不可能治疗。前些日子介绍给你的光国教授对你非常感兴趣。往后我们再努力努力，想办法去改善那些不良症状吧。"

我抱着纸袋站在堂元面前。金边眼镜后面那双眼睛正极力地向我表示善意，却反而触怒了我的神经。我握紧右拳，卯足了劲朝他的脸颊挥去。拳头发麻，随着一声呻吟，他被打飞到墙边。

"不必了。"我说着便走出房间。走廊上吹着让人发闷的暖风。我盯着还微微发疼的拳头，想，刚才打他的是成濑纯一还是京极瞬介？

【堂元笔记 8】

七月二十三日，星期一。

成濑纯一发现了捐赠者的内情。看来有必要改变计划，应该紧急联系委员会。

他说的关于足迹的话令我印象深刻。

和京极亮子之间有超感应是真的吗？如果是真的，务必要设立新的研究项目，并决定专职负责人员。

为此，我们还不能对成濑纯一放手不管。

28

　部件被放在传送带上传过来,似乎没有尽头。我设定机器,调试结束后又回到货盘,继续下一道工序。
　进入八月后,工厂里的冷气似乎不再起作用。汗水渗进眼睛。
　我已经习惯了这项工作,或者说是死心。
　我看看双手,它们被模拟燃料用的油泡得发红溃烂。由于脂肪已被吸干,手上的皮肤看上去像被烧伤了一样。上周我向上司投诉,得到的回答是让我抹点已备好的乳霜。那的确是治疗皮肤病用的乳霜,但基本上不起作用,一开始工作,抹上的乳霜就会掉落。我也试过橡胶手套,还是不行。皮肤不会再被腐蚀,但手套的油性成分会逐渐硬化,最后连手指都动不了。光着手操作的结果是手变成了茶色,皮肤也变厚了许多。这下手不疼了,工作也不再觉得有障碍。可惜还没高兴几天,皮肤就越来越硬,简直像戴了手套,然后像蛇和昆虫蜕皮那样裂开,露出红色的嫩肉。油一旦渗到上面,我就疼得浑身抽动。
　我就在这种环境里度过一天又一天,不和任何人说话,也不和任何人接触,每天只是盯着我那双逐渐变质的手。
　前几天碰到了以前的同事——说是碰到不如说是看到——就是那

个比我无能百倍却因平庸而苟且偷生的男人。看到他那张呆滞的脸我就不由得怒火中烧。如果迎面碰上，他开口说些什么，我肯定会揍他一顿。为避免发生这样的情况，我躲进阴暗处。

现在，为了控制自己，我几乎竭尽全力，绝不能被暴风雨般突然袭来的情绪湮没，否则就意味着我败给了京极。

我每天小心翼翼地往返于公寓和工厂之间。我明白自己仍在不断变化。

我开始写日记。我也不太清楚现在记日记有什么意义，但至少通过留下日记，可以让我知道昨天的自己曾是什么样子。这算是留下足迹吧，同时也是记录成濑纯一逐渐消失的过程。

我默默地生活着，想要放弃却无法放弃的心情在心里纠结。反正对我来说，最好还是不要和人接触。

八月二日那天，橘直子来找我，在车站等着我下班。她穿着白衬衫、黑短裙，看上去像个小学老师。

"给我点时间好吗？"

我默然点头。被这个女人盯着，我的心就莫名地失去了平衡。

"晚饭吃了没有？"

"还没。"

"那一起边吃边聊吧，地方我来选。"我还没回答，她已经朝出租车停靠点走去。

车开动后她问我："情况怎么样？"

"什么情况？"我生硬地反问。

"当然是脑子啊。"大概是担心司机听见，她压低了声音。

"没什么两样。"

"也就是说目前没有异常？"她似乎放心了，吐了口气。

我有些想破坏她此刻的安心。"别误会了，"我扬起嘴角，"我的意思是和以前一样不正常,说是继续发疯也许更恰当。反正现在我正努力不让别人发现我的异常。"

司机透过后视镜看了我一眼。直子的表情则混杂着吃惊与失望。

"你早就知道了吧?"我说。

"什么?"

"别装傻。捐赠者就是京极。"

"不知道啊。"

"撒谎。"

"真的,我想到有那种可能是在从嵯峨家回来的路上,大概和你是同时。那之后我在堂元老师的抽屉里找到了这个。"她拿出一张小纸片。似乎是从记事本上撕下来的,上面字迹潦草地写着:"捐赠者一号的遗体送回关谷家,捐赠者二号送去办理司法解剖手续。"

"看到'司法解剖'这个词,我才确定京极果然是捐赠者。"

"捐赠者二号?保存脑片的盒子上的确写着'捐赠者二号'。我早该觉得可疑了。"

"我也太糊涂了。同样是助手,若生早就知道了。"直子叹着气,"真可悲,我明明也参与了研究,却不知道项目最重要的部分,刚知道真相又被干扰了。"

"干扰?"我望着她,"怎么说?"

"我在调查的事好像被发现了。昨天他们把我转到了别的研究小组,从事和脑移植无关的、相当无聊的研究课题。我今天一整天都在做猫的脑切片,猫的脑比较适合替代人脑作为样品。总之和你一样,大概是觉得让我做些单调的活儿就不会出事了。"

我很不舒服:"都怪我。"

"不用在意,总比什么都不知道被耍得团团转要好些。只可惜不能再继续帮你了。"她把手放在我膝上,轻声说。

出租车开到一家面朝公路的餐厅，位于一条连接市中心和外地的干道上。我听说过店名，但从未来过。进了店，直子把名字报给侍者，看来是预约了。

"我请客，想吃什么尽管点噢。"她说。

我立即合上侍者递过来的菜单。"你来吧，我看了也不明白。"

"也没写什么难懂的啊。"

我望向窗外没有回答。外边似乎飘起了小雨，玻璃上有细细的水珠滚落下来，映着正和侍者说话的直子的身影。她抬起头："喝葡萄酒吗？"

我对着玻璃上她的影子说："不喝。"

"为什么？你不是能喝酒吗？不喜欢葡萄酒？"

"我不在外面喝酒，万一醉了会很危险。"

她明白了我的用意，对侍者说："不用了。"

侍者离开之后，我环视店内。这里光线适度，相邻的桌子之间空间很大，充分保证了相互的隐私。

"不错的地方。"我说，"经常和男友来这儿约会吗？"

"来过，不过是在有男友的时候。"

"是你把人家甩了吧，说什么研究比恋人重要之类的？"

她轻轻眨了眨眼，摇摇头："错了，是我被甩了。他说无法想象和一个沉迷于科学研究的女人会有什么未来。"

我哼了一声："蠢男人可真多。"

"我也这么想呢。你不是蠢男人吧？"

"别问一个要发狂的男人这种问题。"我托着腮说。

她低头垂下视线："你打算再也不去研究室了？"

"没道理要去那种地方。去了只不过让他们再多收集些新的数据而已。"

"数据也不全是为了研究论文，对你的治疗或许也有帮助。"

"治疗？别开玩笑了。"我揶揄道，"他们也清楚我已经没有恢复的可能了，而且他们根本不觉得这事有多严重。他们关心的只是我的脑机能还好不好，只要还能思考、能记忆、能感觉、能正常运动，就行了。然后就可以向那些翘首企盼脑移植技术确立的老爷爷们汇报：没问题，脑移植已经实际应用成功了。"

第一道菜被端了上来，是开胃菜。从外侧的叉子开始用，这种起码的常识我还是有的。我无视侍者冗长的菜品介绍，直接把菜送进嘴里，也没觉得有多好吃。

"总得想点办法。"直子握着刀叉，脸靠近我，"你也不认为可以这样放任下去吧？或许我这么建议有些勉强，但也只有拜托堂元老师了。"

"别说这些不可理喻的话！"我故意把叉子扔向盘子，弄出声音，"刚才还说对那些家伙绝望了，才一会儿又想把我交到他们手里了？"

"没有告诉我捐赠者的真实身份，我也很愤怒，但那和你的治疗是两回事。客观地考虑一下，能救你的只有堂元老师。"

"你让我相信一个欺骗患者的医生？"

"我觉得他也不是出于恶意。那个时候还不知道捐赠者是谁这个问题的重要性。而且从你的角度考虑，如果被告知移植给自己的是袭击了你的罪犯的脑，你也会受不了的。"

"对这种话我没兴趣，还不如从大学的立场解释更有说服力，不是么？想欺骗世人蒙混过关才是真正的原因。"

直子突然挺直了背脊，目不转睛地注视着我。"别忘了，如果不把那样的脑移植给你，你已经不在这个世界上了。"

"那样更好。"我说道。

直子刚要张口，看见侍者走近又把话咽了回去。

空盘子被撤下，菜一道接着一道地送上来。我不看她，默默地把盘子里的东西一扫而空。就像是现在工作的地方，盘子就是货盘，高级料理就是部件。

餐后的咖啡端上来之前，我们一直保持着令人压抑的沉默。终于，她开了口："阿惠还没回来吗？"

我沉默着摇头。

"什么时候回来啊？"

"不知道。"

"你去接回来就是啦。"

"去接？"我瞪大双眼。

"对啊，还是想办法接回来吧。和最熟悉你过去的人待在一起，也许就能找回自己了。"

"别说些不负责任的话！"我把搅咖啡的勺子扔了过去。咖啡溅到直子的白衬衫，留下褐色的印迹。"你懂什么？你知道我为了不让她发现自己正在发生的变化费了多少力气吗？我假装没有对她变心，她假装没有看穿我在演戏，那种痛苦恐怕你连十分之一都不会明白！"我的声音响彻餐厅，也许所有客人都在朝我看，那也无所谓了。

直子对我的勃然大怒不知所措，渐渐地眼神开始变得狼狈。她望着我，表情出奇地消沉。她的嘴好像在颤抖。不对，不是在颤抖，而是在说些什么。但那声音没有传到我耳朵里。

"有什么要说的就说清楚。"我说。

她深呼吸之后重新开口，这次我听见了。"对不起。"

我稳定了一下情绪，塌下直起的腰。

"对不起。"直子又重复了一遍，"你说得对，我说了些不负责任、毫无同情心的话。原谅我吧。"

从她低垂的眼眸里落下一颗泪珠。我可不会被这种东西蒙蔽，想对她说些更狠的话，可一时间不知该说什么。这时，有人走近了，是个蓄着整齐胡须的中年男子。大概是这家餐厅的负责人，过来提醒突然吵闹的顾客。

"这位客人——"

"我知道。"我像赶苍蝇似的挥挥手，"我会安静，行了吧？"

店长似乎还有话要说，直子抢先站了起来。"是我不好，别怪他。真的很抱歉。"

店长注意到她湿润的双眼，有些无话可说。

趁着空隙她对我说："走吧。这里的菜好吃吧？"

"还行。"我看着店长的脸说。

直子叫了出租车，说要送我。"我现在什么也帮不了你。但只要有事想商量，随时可以找我。"她说。车子摇晃着。

"已经没什么可商量的了。"

"只是见见面也行啊，吃个饭，喝个茶。"

我看着直子："什么目的？"

"我担心你啊。"像以前的某一次一样，直子用双手捧着我的手，像是要保护什么珍贵的东西。"我不能检查你也不能调查你，只是想确认你没事而已。只是这样的话，你应该不介意吧？"

我推开她的手，望着车窗外。雨已经停了，银白色的月亮正要从云层里钻出来。

坦白说，我没有理由拒绝她的请求。虽发了脾气，但今天的晚餐也不是不愉快。不如说跟她在一起有一种不可思议的安稳。

我好像开始爱上这个女人了。这一点我不得不承认。我自己也不明白为什么会被她吸引。最初见到她的时候也没觉得她有多大魅力，可不知不觉中她已经俘虏了我的心，令我无法放下。

我想，京极如果活着，也许会爱上她。我是受了他的影响吗？我现在已经不能客观分析自己的情感了。

"怎么样?"她从一旁窥视我的表情。

"我要有这意思就跟你联系。"我回答。

"还好。如果连这样的请求都被你拒绝,我真不知道该怎么办了。"

车开到公寓前,我迅速下了车。直子也下来了。

"今晚多谢款待,我该这么说吧?虽不想说,还是要告诉你,那家店的菜真不怎么样。"

她皱起眉:"我也这么想呢,最近换主厨了。"

"下次别去那种高级餐厅了。和我的性格不符。"

"我会再找好吃的地方。"

"希望如此。"我转过身朝公寓走去,突然又停下来回头对她说,"那个,对不起了。"我指着沾在她衬衫胸口上的咖啡渍。

她马上反应过来:"没关系,别在意。"

"下次一定补偿你。"

"我都说了不用在意。"她钻进出租车,从窗口向我轻轻挥手。

29

我为什么会把那种东西捧回家呢?那架红色的玩具钢琴。那东西里面有一种力量在召唤我身体里京极的亡灵。

我一个人待在公寓房间里,无意识地坐在琴前,敲着琴键,一听到琴声我的心就能安定下来。那无非说明我的心正一点一滴地被侵蚀。可我没有勇气把这架小钢琴处理掉,我没有自信应对失去它之后的混乱不安。

我写日记,有时也回头看看以前写的,注意到只不过几天前写的东西,那感觉就已经不同于现在的自己了。莫非变化加速了?

有一个夜晚,我梦见了父亲。这段时间我基本上没有梦见过父母。突然做了这样的梦,也许是和前一天晚上刷牙时发现牙膏用完了就用了盐有关。父亲以前说这个方法不错,经常这么做。梦里父亲在砍树。他要用木头做笼子,然后把我关进去。我不知怎么明白了他的意图,不情愿地又哭又闹。父亲恶狠狠地瞪着我,那张脸竟然变成了那个人——京极的脸。这时我惊醒了。

起床后有好一阵子我感觉不舒服。大概是我想把自己关起来才会做那样的梦。

我反复回味梦里的内容。那个我和父母曾经租住的老房子不知道怎么样了。那房子正面是一家小小的设计师事务所，厨房很小，只有两个房间。上了初中之后，我就在客厅里睡。

我想回去看看，到那个老房子附近转转也许能唤起一些对过去的回忆。碰巧今天又是周六。

我随便吃了点早饭就出了门，去车站买了票。到老房子只要中途换乘一次电车，大约花四十分钟即可。这么近的地方，我怎么到现在才想到要去呢？

出了车站，我步行去老房子。只有五分钟的路程里，我发现周围的一切变化不小。很难说是变美了，但很明显是在拼命追逐时代的潮流。

我们曾住过的街道还是老样子。狭窄的街道两侧排列着怎么看也不像是正经在做生意的店铺，每隔一两家店就挂着空房子的门牌。我想起很久以前这里为了搬迁曾发生过骚乱。店主们集合在一起，父亲也去了。他们商量的结果好像是：谁也不要单独行动，大家一起抗议，把搬迁费抬高。令父亲愤慨的，是大家似乎都想逃离这里的生活。那个计划后来中断了，也不用搬迁了。早就打着下个搬迁地的如意算盘的家伙们一下子没了干劲，成天张口便是"没有道路扩建工程了吗"之类恋恋不舍的话。

我走在似曾相识的萧条街道上，向以前住过的地方走去。到达之后，我惊呆了。那里已经被改建成了带屋顶的停车场。

我走进去，想找到以前的客厅的位置，试着去回想厨房在哪儿。记忆却没被唤醒。明明还记得房子的陈设和大小，却完全无法把它形象化。自己曾经住在这里的事实也如同编造的故事一般毫无现实感。

"喂，你在干吗？"后面突然传来一个声音，一个男人朝我走来，是个和我年纪相仿、留着平头、眉毛修得极细的家伙。"别乱碰我的车！"

这家伙似乎在哪里见过。我仔细一看，原来是以前住在附近的同年级同学，从高中起就分开，大概已经有十年没见过面了。

"干什么，你这家伙！别总盯着人瞎看，你想找碴吗？"他揪住我的衣领。这人从小学起就爱这么干。我想起一些关于他的重要回忆，就是一起去捉蟋蟀，还有职业棒球赛的情景。

"快说呀，哑巴了？"

我全身发烫，耳边响起阵雨般的蝉鸣声。

"我才没碰你的车。"我说。

那家伙怪异地瞪着我："真的？"

"真的。"

"你在那儿别动，别想逃。"他放开手，一边瞅着我一边从口袋里掏出车钥匙，然后打开右侧车门，探身进车里检查情况。

就在那一瞬间，我狠狠踹了一脚车门，他被门夹住腹部，发出一声惨叫。我把门打开一点，他试图出来，我又一次把门踢上，这次夹住了他的脖子。我使劲按住他，使尽浑身力气开合了好几次车门。这期间脑子里的蝉鸣声一直持续着，我开始头疼。等我回过神来，那家伙已经筋疲力尽地趴在那儿。

从街道那边看不到这里，似乎不用担心刚才的情景被人看见。我又踹了那家伙的肚子一脚，走出停车场。

去车站的路上，头痛越来越剧烈，整个街区似乎都在压迫我的记忆。我站都站不稳，看见路边有电话亭就躲了进去。耳鸣随着心跳一起震动，我感觉呼吸困难。我强忍着即将崩溃的痛苦，拨通了直子的电话。她在家。

"救我！"我喊道，"我快不行了。"

"你在哪里？"直子反复问我。

我把地址告诉她。

"待在那儿,别动。"她说完便挂了电话。

我靠在电话亭旁的护栏上,试着去想自己刚才的行为。事情怎么会变成这样?我不过是来这儿寻找成濑纯一的回忆,难道这个地方在排斥我?

一辆救护车从眼前经过,停在我家老房子所在地附近。好像有人发现了那个男人倒在停车场。蒲……对了,他姓蒲生,好像就是姓蒲生。那家伙会怎样呢?我想他不会这么容易就死了,但也不排除那种可能。我还是很冷静,没有感到恐惧或是产生任何罪恶感,就如同拿着杀虫剂喷蟑螂的人不会抱有罪恶感一个道理。过了一会儿,救护车折回来路,开走了。

当我再次感到头痛的时候,一辆出租车停在面前。直子跳下车跑过来。"没事吧?"

"没事。有点……累了。"

"上车。"

我上了出租车,车朝我的公寓开去。可能是怕被司机听见,直子什么都没说。

到了家,我从储物柜里取出旧相册。那里面有几张老房子的照片。"就是这里,这就是我出生的家。我刚才就是去找这栋房子。"可房子已经不存在了,就像我记忆中关于成濑纯一的一切正在逐渐风化一般,那个地方也不再是我的过去了。"有一天我的足迹会完全消失。那样,成濑纯一这个男人曾经存在于这个世上的事实也会跟着消失。"

"怎么会呢?你看看身边这些,不都是你的痕迹吗?"

"在哪里?哪里有我的足迹?一切都在我的眼前消失了。"

"还有我呢。"直子望着我的双眼,"我的回忆里刻着你作为成濑纯一留下的足迹。"

"在你的记忆里……"

"对啊,别忘了哦,手术后和你待在一起时间最长的可是我呢。"

我拉起直子的手。她的眼睛里蕴含着一种笃定的光。她的嘴唇很漂亮,我不禁想吻上去。

但我放开了她的手。"你该回去了。"

"怎么了?"

"没什么,回去吧。"

我不得不承认我渴望得到直子,得到她的肉体。我决不能陷入欲望中去,这种欲望无疑来自京极。

京极的亡灵正不择手段地想要支配我。

30

第二天，去买东西的途中，我在一家叫番场房地产的店门前停下脚步。那天的情景浮现在我脑海里，那个死鱼眼的男人，还有枪声。

等我回过神来，已经摇摇晃晃地进了店。今天是周日，店里比那天还要热闹。我找了找那天自己被击倒的位置，那里什么痕迹也没留下。和那天一样，沙发上坐着女顾客。

"有什么需要吗？"从柜台里面走来一个声音高亢的男人，眼神中透出对我的蔑视。他似乎认定我是来找便宜出租房的，显出一副不屑的神情。

"我要见老板。"

后面的店员们也朝我这边看过来。男职员的嘴角露出一丝浅笑。"老板不在这里，您是……"

"店长在哪儿？"我环顾店内，"跟你这种底层的家伙说不清楚。"

那人脸色剧变，歪着嘴什么也没说就转身走开，跟坐在墙边的胖男人低声耳语。我见过这个脸长得像哈巴狗脸的男人。他就是那天在场的店长。

胖店长朝我走来。"有何贵干？"

"还记得我吗？"

店长惊讶地皱着眉："我在哪儿见过您吗？"

"你还没到健忘的年纪吧？那种事都记不起来也太说不过去了。"

"那种事？"

"这下想起来了？"我撩起刘海。整形手术还算成功，但伤疤不可能完全消失。

店长一时还是没想起来，但很快脸色就变了。"您是那时的……那位……吗？"

"没错，"我说，"就是那天那个人。"

店长叹了口气，一边点头一边呼气。"啊。哦，那天真是多谢了。您能恢复健康真是太好了。"

"我要见你们老板。"

"明白了。我跟他联系一下看看。请到这边来。"胖子把我领到里边的贵宾室。这里也不算宽敞，但摆着一张高级沙发，和外面那些客人坐的沙发相比高下立判。分店长说句"请您稍候"就走开了。一分钟后，女职员端茶进来。

我一边啜着茶水，一边不解地想着自己为什么会来这里。我到现在都不知道见了他们老板要做什么。勉强地说，也就是来看一眼京极恨透了的男人。

十分钟后店长回来了，说社长正赶过来，让我再等十分钟。这期间把我一个人丢下似乎也不妥，他在我面前坐下。

"那之后呢？"他搓着手掌，"头上的伤已经完全好了吗？"

"完全？"我眯着眼睛瞟了他一眼，"被打成那样能全好？拜托你用常识想想。"

"哦，那么，这么说来，"哈巴狗开始冒汗，"还是有什么后遗症？"

"你看看我自己判断呗，不觉得有什么异常的地方？有吧？"

"没，没什么……"他毫不客气地从头到脚打量着我。

"算了，看着你这张脸也只能让我觉得无聊，让我一个人待着。"

哈巴狗果然被我伤了自尊，晃着脑袋站起来，一言不发地出去了。

屋子里只剩下我一个人，我重新四处观察。墙上挂着一幅匾额，上面用蜿蜒扭曲的字体写着"熟虑断行"。架子上摆着个红褐色、质地不明的壶，我不禁想这东西到底值多少钱。

这时，响起了敲门声。

我应了一声，走进来一个体格健壮的银发男人，五十岁上下，做工精致的西装十分合身。

"我是番场，欢迎您来这里。"他在沙发上坐下，交叉着双腿。与此同时，我确定这人就是京极的父亲。不是什么愉快的感觉，但和见到京极亮子时一样，我能感觉到内心骚动，头脑中似乎有什么在与之呼应。番场做出开朗的表情。"呵，您似乎彻底恢复健康了。我可以放心了。在那件事里，成濑先生和我都是受害者，我一直很担心您。"

我也同样是受害者，你的伤和我们无关——看来他是打算这么辩解。

"您住院时，我们还去拜访过一次，嗯，是哪一天来着？"

"在我出院前几天，有两个傻乎乎的年轻职员来过，带着一个中看不中吃的果篮。"

他脸上的肌肉瞬间颤抖了一下，马上又挤出笑容。"我们可都够遭殃的啊，真不知道警察都在干些什么。"

"你这里可没有人受伤。"

他闻言把两手一摊："被抢了两亿元巨款呀。那些钱被他从百货商场楼顶撒下来，回收了一部分，但大部分都找不回来了。对我们这种做小生意的企业来说可是痛心疾首啊。"听着让人觉得假惺惺的。

"你就当是给儿子零花钱了呗。"我讽刺道。

他的脸色明显阴沉下来。"听说那个罪犯说了什么不可理喻的话。我的确认识他母亲，但我们不是那种关系。其实这种可笑的流言被传得满天飞，对我的名誉也是极大的损害。"

"你要是给他母亲付手术费就好了。"

他的表情似乎在说，谁知道会发生那种事。"只不过有点交情就帮忙付手术费？要真那么做了，全日本都有人过来找我帮忙了。要说那种程度的熟人，全国各地都有啊。不说这些了。"番场说着从西服内袋里掏出一个白色信封放在桌子上，"您好像也没别的事，把这个收下，请您回去好吗？我也没时间再和您说什么了。"

看来，他当我到这儿是勒索来了。我把信封拿了过来，抽出里面的东西，是十张一万元的纸币。"你想这样就让我把那件事忘了？"我问道。

他好像看见了什么肮脏的东西似的，冷哼一声。"本来我们也没有义务要付给你钱，这些钱就算是出于对你的同情吧，也不算小数目了。别挑三拣四的，乖乖把它收下也是为你好！"

我左手捏着钱站了起来。他似乎以为我要就此收场，站起来想给我开门。但我并没有朝门口走去，伸出右手拿起了那个红褐色的壶。"这个值多少钱？"

他把脸一歪："你喜欢它？这个就算了，不是值十万二十万的东西，把它放回去吧。"

我感到自己的嘴唇在抽搐。我把壶举起来，用尽全力朝番场的脸砸去。

他猛地蹲下，躲开了，壶在他背后的墙上发出沉闷的响声，砸得粉碎，碎片撒在他脑袋上。

"你到底想干什么！"他涨红着脸狠狠地瞪着我。我也直面他的怒视。

那一瞬间，我感觉到了和他脑波的同频，在那种愤怒的状态下，相互的波长达成一致。番场也绝对感觉到了什么，露出困惑的神色。

这时，门被打开，胖店长等人跑了进来。"老板，怎么了？"那些家伙看到散落在地板上的碎片，大概明白过来发生了什么。"你这个浑蛋！"粗暴的职员们一副要向我扑来的架势。

"等等。"番场阻止道。他斜着身子盯着我："你，到底是谁？"

我舔了舔嘴唇："你儿子的代理人。"

"什么？什么意思？"

"就这意思。"我走了出去。职员们让出门口，始终摆着要扑来的架势。我从他们中间穿过去，走出接待室，穿过店面。快到门口时我停住脚步，把左手捏着的纸币撕得粉碎，然后回过头，朝着呆若木鸡的职员们扔了过去。看着那像雪花一样飘舞的纸币，我在想象，京极在抛撒那两亿元时，又是怎样一番心情呢？

那一夜，家里来了客人。是堂元。

"请你来一趟研究室吧。"他用恳切的眼神盯着我请求道，"不论怎样，我们一定会治好你！一定会把京极的影子从你脑子里抹掉！"

我对此不屑一顾，被这种戏言骗住才真是见鬼。

"如果就这么放任，基本上就没希望了。就算只有极小的可能，我们都应该赌一把，不是吗？"

我对此冷笑一声。"你终于承认可能性极小了？"

"但并不完全为零。"

"几乎为零，不是吗？"

"为什么你对我们这么反感？并不是要你对我们心存感激，但至少希望你能承认我们救了你一命这个事实。"

"你们对我隐瞒了重大的事实，而且竟没意识到自己犯下的罪孽，这一点我绝对不会原谅你们！"

"当初对你隐瞒也是为了你好，事情发展到如今这样，我们连做梦都没有想到。"

"当然，如果当初你们明知有这种结果还这么做，我会杀了你。"

堂元气得胡须上下颤动，一副难以置信的表情。

"总之不能这样下去了。"他语气缓和了些，"我们想出了几个治疗方案，你来一次研究室吧，让我们给你说明一下情况，等你听完有所了解了，再决定接不接受治疗，好吗？"

"你要的回复我现在就给你，"我说，"给我出去。"

他苦着脸，紧皱眉头盯着我，慢慢直起身子。"我还会再来，作为医生，我不能退却。"

"我不认为你是个医生。"

他果然凶狠地瞪我一眼，走出了屋子。

绝不能信任他们，嘴上说说的话，再多也没有用。不能被这种救命恩人之类的说法骗了，他们不过是出于一己私欲做了想做的事。

我要照自己的想法去做。就这么定了。

他的脚步声消失后，我拿起电话，按下号码。铃声响了两下，传来直子的声音。

"怎么了？"她问。

"有件事想拜托你。在这之前，有件事想先告诉你。"我先说了今天去番场地产的事，她好像十分震惊，几乎没说话，一直听着。当我说到自己感觉到和番场脑波同频的时候，她开口了："这是真的吗？"她的声音里掺杂着关心和疑惑。

"我代替京极感觉到他对番场的愤怒和仇恨，冷静想想，我能感受到对番场如此愤怒的情绪真是奇怪。不管怎么说，我当时可是真的打算杀他，才把那个壶砸过去的。"

"幸好对方没事，我真该感谢神灵啊！"直子的语气有些沉重，"如果对方死了，成濑纯一就会因为没有做过的事而背上杀人罪名，被关进牢房了。"

"确实是成濑纯一杀的。"

"不是这样的，做这件事的是京极的亡灵，你只是被恶灵附体了。如果只是被附体，那么总会有脱离他的一天，相信这一点吧！"直子苦口婆心地劝说着我。但我对这种所谓的希望无动于衷，把话题转到堂元来过的事上。当我说到拒绝治疗的时候，她又责怪道："你还是接受治疗为好。"

"别说了，你已经和堂元没有关系了，不是吗？"

"没错，可是……"

"对了，有件事要拜托你，给我介绍一家医院。"

"医院，什么医院？"

"这不明摆着吗？"我说。

31

　　心情有些沉重，但还是非下决心不可。趁现在自己的脑子还有正常部分，我应该尽量把能做的事都做了。

　　下了班，我匆忙离开工厂，在约定的地点和直子碰面，随即一起乘公交车去相邻的街区。我们坐在车上一言不发。对于今天的事，我们已经争论过无数次了——也许称之为争论并不恰当，直子苦口婆心，试图改变我的主意，但徒劳无功。

　　下车的地方是一个规划整齐得犹如棋盘一般的住宅区，道路都是单向通行。"这边走。"直子走向一条狭长的小路。

　　从公交车站走了约五分钟，就到了那家医院。气派的大门上刻着"北泉医院"，透过宽阔的庭院可以看见一幢白色建筑物。这样清幽的环境应该很适合有心病的人疗养。

　　"不想改主意吗？"在医院门口，直子最后一次劝我。

　　"让我了了这桩心事吧。"我答道，"至少在我还清醒的时候……"

　　她叹了口气，无奈地低下头，用鞋尖踢着地面，说："我也跟着去好吗？"

　　"不了，我一个人去就行，我想一个人去。"

"嗯……"她轻轻点头,"那我在家等你吧。"

"但愿不会一去就住院。"我一边把公寓的钥匙递给她一边说道。

她瞪着我:"开什么破玩笑!"

"我可有一半是这么想的。"

她咬着嘴唇,转身走了。

我望着她的背影渐渐消失在视线之外,然后深深吸了口气,走进医院大门。

院子里有一座小型喷泉,周围摆着两把椅子,椅子上坐着两个人,一个是身穿运动服的老妇,手里捧着装满毛线的纸袋,正织着什么;另一个是穿着得体的中年男子,他看着前方,像一尊石像似的一动不动,手里紧紧抱着一个茶色公文包。这两个人都没有看我一眼。

穿过正门,右手边是一个窗口,里面坐着个戴金边眼镜的胖护士。我对她说想找医生谈谈我家人的情况。

"请问您的家人是……"胖护士低声询问。

"是我哥哥,最近,那个,有点……"我舔了舔嘴唇,压低声音说,"他最近有些奇怪,我想找这里的医生谈谈,如果带他本人来更好的话,下次再带他来。"

"怎么个奇怪法?"

"总觉得他和从前不太一样,行为和想法都变成了另外一个人似的……"

护士轻轻叹了口气,似乎认为我对这种程度的症状有点大惊小怪。

我接着说:"并且变得很狂躁,前些日子还差点杀了人。"

"杀人"这个词似乎颇有说服力。护士果然睁大了眼睛,声音略显紧张地说:"明白了,请您在这里稍等。"

候诊室和一般的内科、外科医院没什么差别,都有长椅、电视机和书架。五个男女散坐着,分辨不出谁是患者谁是陪同的人。

大约二十分钟后，我被叫了进去。护士领我去的房间与其说是诊疗室，更像是写字楼里的办公室，白色的墙壁，光线充足。屋子中央是一张铁桌子，后面坐着一位四十来岁、皮肤晒得微黑的中年男子。

"请坐。"他指着面前的椅子对我说。我刚坐下，他就问道："听说是你哥哥的问题？好像变了一个人什么的……"

我点了点头："简直成了另一个人。"

"变成什么样了呢？"

"我哥哥以前是个老老实实甚至有些胆小怕事的消极男人，现在这些特征几乎全消失了。"这样说自己，我感觉有些怪异，"但又不是单纯地变成一个性格积极开朗的人，而是对所有的人都抱有敌意，攻击性变得很强，对别人缺乏细致的关怀和同情心。以前他可不这样。"

"哦……"医生用食指轻轻叩击着桌面，"听说还差点杀了人？"

"在关键时刻停止了可怕的想法，没有出事。"

"有什么杀人动机吗，为什么要置那人于死地？"

"也不是没有……但只是些琐碎的小事。看见那些随意乱花父母钱的学生，他就很恼火，我……我们都是在很贫困的条件下长大成人的。"

"当时你哥哥说了什么话还记得吗？"

"记得，他说当时莫名地就觉得怒气冲天。"

"那么，他也在反省？"

"嗯，一定程度上是的。"

"如果是这样，"医生靠向椅背，表情有些缓和，"我认为用不着那么担心，他恐怕只是轻度的歇斯底里。由于压力，不少人都会产生这种症状。你哥哥的职业是……"

我顿了顿，按计划好的答案说道："音乐家。"

医生皱了皱眉，恍然大悟般点了几下头说："被称为艺术家的人群多多少少都有这样的倾向。坦白说，普通人中比较少见。"

"但我觉得他的异常举动也太多了。比如,哥哥有架玩具钢琴,"我尽量控制住情感不外露,"他有时候会呆呆地连续弹上好几个小时,这难道不是精神有问题的表现吗?"

"玩具钢琴?"医生一副摸不清头脑的表情,"那是一架什么样的钢琴?对你哥哥来说有什么特殊意义吗?"

"不知这算不算特殊意义……钢琴是我母亲的遗物。母亲是半年前去世的,哥哥恰好也是从那个时候起变得不正常。"我对医生说了从京极亮子那里听说的有关京极瞬介的情况,比如京极极爱母亲、憎恨父亲等等。

听完,医生仰望着天花板整理思绪,然后重新看着我的脸。"没有见到你哥哥本人很难下结论,但从刚才的谈话可以推断,他这是一种俄狄浦斯情结,也就是恋母情结的症状。"

"恋母情结?"

"所谓恋母情结,就是人在幼儿期表现出来的一种幼儿性欲。由于意识到自身的性别而对身边的异性——母亲产生官能上的依恋,而对同性的父亲则怀有竞争意识。这种情结在人身上多少都有,如果得不到适当的释放,极有可能会对以后的精神产生影响。"

"我哥哥就属于这种情况?"

"暂且可以这么认为。弹玩具钢琴的行为也许是希望回到过去和母亲生活的一种表现。"

我点点头,其实我已经微微察觉到了。当然,怀念和母亲一起度过的往日的人不是我,而是京极。

"进一步说,由于把母亲当异性看待,产生恋母情结的同时,可以说必然会伴有一定程度的罪恶感,有时这种罪恶感会引起极度的洁癖。你哥哥的情况是,不仅仅对自己,甚至对他人的懒惰和松懈都难以忍受,这也可以说是症状之一。也就是说,他会否定追求以性欲为首的种种快乐的行为,在这个意义上产生一种强迫观念,认为人们必须勤奋努力。"

"我曾经以为,哥哥对自己和别人严厉,是来自对父亲的憎恨和过去贫苦生活的体验……"

"事实上那也可能是原因之一,但我认为是次要的原因。说起来有些奇怪,逆境之类的往往不会成为根本原因。"

也许真是这样,我想,逆境在某种程度上对人起着积极作用。

"现在怎么说也不过是推测。"医生说道,"在与他本人谈话之前,一切都无法下定论,事实如此。你打算带哥哥来这里吗?"

"我会考虑的,他这种情况有可能治愈吗?"

"假设恋母情结就是主要原因,那么只要从少年时代的记忆中找出这种情结的原因,并且让本人自省,这样基本上可以治愈。"医生颇为自信。

我装出一副心悦诚服的模样,心里却想,要真是这样就没得治了。京极已经不在这个世界,剩下的只有一个被恋母情结扭曲了的灵魂。

"还有件事我想问问,你哥哥在其他时候,比如画画时有什么精神变化的表现吗?"

"画画?嗯,很多时候也会表现出来,虽然不是所有的时候。请看看这个。"我从带来的纸袋里取出住院时画的速写,还有那张从窗子看出去的风景画,"您看看日期就知道,这是我哥哥近一两个月来画的东西。怎么样?您不觉得笔触和构图在发生变化吗?"

"让我看看。"医生十分认真地翻阅速写本,然后对那张描绘窗外风景的画表现出极大兴趣,"对了,我想问问,你哥哥是否曾遭遇过什么事故?比如脑部受到撞击什么的……"

"啊?没有……"我选择了回避。

"哦?那也许只是巧合。"医生自言自语。

"您注意到什么了吗？"

"嗯，有个地方不容忽视。首先是这幅窗子的画，这幅画表现出右脑损伤患者的典型症状。只画了窗子右边而左边却消失了，前面的桌子也是，左边仅仅用模糊的线条勾画，这可以说是无视左侧空间的症状。"

"无视左侧空间……"

"当我们用图像把握事物的时候，左侧的空间是由右脑来控制的。但就这幅画来看，图像并没有完整成形。你哥哥的作品一直以来都是这种风格？"

"这个我不太清楚。"我搪塞道。

"哦，"医生点了点头，"这种倾向在速写本里也能看出一二。画的都是女性肖像，但最后几张里，左侧的脸部轮廓都不完整并且有些变形，这也可以说是一种无视左侧空间的表现。"

"这些症状是右脑损伤引起的？"

"是的。只不过和右脑损伤症状相比，你哥哥的画表现出来的变化看起来是慢慢发生的，给我的感觉是随着时间的流逝，损伤的程度在逐渐加深。不管怎样，还是去脑外科医院看一看比较妥当。应该彻底检查一下他的右脑，特别是脑后部。"

"后部？"我又问了一遍，"头后部？"

"没错，对左侧空间的无视反映了右脑后部的损伤。"医生说道，"等等，不过，"他似乎又改变了想法，"你刚才说你哥哥是个音乐家，音乐方面的能力怎么样，有什么变化吗？"

"没有，"我回答道，"乐感什么的都很出色。"

"哈哈，这么说来，右脑损伤的说法不能成立啊。"医生摇摇头，"光看画似乎有受到损伤的迹象，但如果右脑真的受损，音乐方面的能力会有明显退化。也就是说，关于这张画，我们只能认为，你哥哥本来就是这种画风了。"

我一边默默点头，一边找理由说服自己。听了这位医生的话，我明白了许多。画里出现的无视左侧空间症状是由于我原有的右脑意识正逐渐消失，取而代之的是京极的意识开始支配右脑，所以我的音乐才能才会提高。"明白了，下次我带哥哥过来。"我把画收好，站起身来。

"我的话对你有帮助吗？"

"当然，很有参考价值。"

出了诊疗室，我没有直接回候诊室，而是朝走廊的反方向走去。尽头有一扇门，上面贴着"非病房管理人员禁止入内"。我毫不犹豫地打开门，来这家医院的目的之一就是为了看看这里。

走了几步又看到一扇门，只是镶了玻璃的间壁，我还是能看到里面的东西。走廊继续延伸，两侧是一扇扇门，大概是患者住的房间。

右边有个类似管理办公室的地方，现在空无一人。我轻轻推门进去，正要关门的时候突然察觉到门会自动上锁，若没有钥匙，从里面无法打开。我拿过旁边的一只拖鞋夹在门缝里。

我尽量不发出任何声音，小心翼翼地在过道走着。周围也不是全然无声，偶尔可以真切地听见门内传出的声音，说明那些房间里确实住着人。有个房间里还有人在说话，我在门前停住，想听听里面的人在说什么。原来是有人在念经。

看不清样子，但房间里住着病人的事实一直压迫着我的神经，总有一种想拉开门一探究竟的冲动。我强忍住好奇心，往里头走去。

看见一间谈话室，我朝里面窥视了一眼，有一对中年男女正在谈话。这两个人怎么看都不像是精神有问题。房间一角还有个高中生模样的女孩正在给玩偶换衣服。

我感到背后有人，转身一看，是个三十多岁、穿着白大褂、医生模样的男人。他以观察实验鼠时那种学者特有的不带任何感情的目光盯着我。

"不好意思，我好像迷路了。我马上出去。"我慌忙辩解。可那个男人的眼神丝毫没有变化，仍死死盯着我两眼的正中间。"那个……"我再次企图辩解。

"哎，山本先生，你在这儿啊。"就在这时，传来一个女人的声音。仔细一看，那个胖护士一路小跑着过来了。

"等一会儿医生就来了，请回房间去吧，明白了吗？"胖护士轻拥了一下那个男人，让他回病房。他就那样失神地沿走廊走了过去。

护士的视线随即转向我，有些惊讶地问："您是在……"

"对不起，我只是稍稍参观了一下。"

"参观？"

"嗯，其实我哥哥很可能不久就要麻烦你们照顾了，我想先看看这里面的环境。"

"您哥哥？噢。"护士脸上警惕的表情松懈了大半，"可这样擅自闯入病房是会给我们添麻烦的。"

"非常抱歉。"我回到走廊，护士也跟着我出来。

"请问您哥哥准备什么时候开始住院呢？"

"我还不太确定，也许很快，也许还需要些日子。"我停下脚步指着身后说，"刚才那个男的是病人？谈话室里面的人也是？"

"嗯，是的。"

我不禁摇摇头："真看不出来，特别是谈话室里的。"

"这里的患者都被当成正常人来对待，基本上很难看出什么区别。"护士自豪地挺挺胸说道，"不管怎么说，充满人本主义关怀是我们这儿看护工作的特点。"

"我哥哥住进来之后，也能受到人性化的照顾吧？"

"那是当然。"

"那到时候就请您多多关照了。"我朝护士鞠了一躬。

她有点吃惊地回道:"嗯,没问题。"

走出医院,天色已经完全暗了下来,庭院中和停车场上那些病人模样的身影都不见了。我站在门口,转身望向那幢白色的建筑。一个貌似主妇的女人避着我从路对面走开。恐怕她是把我当成了病人。

32

回到公寓，我刚想敲门，手却停在半空，似乎听见屋子里有说话声，再集中注意力一听却又什么也听不见。难道是幻觉？

一敲门，一个细小的声音应了一声。门打开了，直子不安地抬头望着我。

"你刚才在听收音机？"我问。

"没有，怎么了？"

"我好像听见了说话声。"

"啊，那一定是电视的声音。我刚才在看新闻呢。"直子答道。

现在是播新闻的时间吗？我没有追问。

我坐下来，把在医院发生的事告诉她，即医生对于京极的症状也就是我的症状的解释。

"恋母情结啊，哦……"她似乎对这个词具备一定的认识，"也许是有这个原因。"

"如果那么想，有件事就可以理解了，我被京极的妹妹强烈吸引，肯定也是受到恋母情结的影响。"

直子似乎没有反对的意思，沉默不语。

"这下暂且可以说京极的事我都能理解了,也明白了那家伙扭曲的意志在朝哪个方向走,那也就是我的意志将要去的方向。"

"如果不加以阻止……"

"不,我估计已经不行了。"我说道,"自己的事自己最清楚,我的人格正在逐渐被京极控制和取代。乐感变得敏锐,相反,画却画不了了,这表明变化的程度有多强烈。"

"不要放弃,一定会有办法的,我们一起努力吧。所以有什么事都要和我说哦,说不定会在意外的地方找到提示呢。"

"你是为了研究这么说,还是——"

"当然是为了你啊。"她抢过我的话头说道,"再想想办法,我希望你能康复。不要紧,一定会康复的。"

我握住直子的手。她蓦地吃了一惊,但没现出厌恶的神色。

"你是让我相信吗?"

"嗯,相信我。"

"直子……"我一下把她拉了过来,她惊呼一声,打了个趔趄。我抱着她的肩:"你不会出卖我吧?"

"不会的。"

我把唇贴了上去,将她放平。透过薄薄的衣衫,感觉到她那不太大的胸。

"和我?"她的脸有点发青。

"没错。"我说。

在坚硬的榻榻米上,我用毫不斯文的粗暴方式抱着她。粗暴地脱下她的衣服,前戏也只是胡乱亲了一通她的身体,但性器却前所未有地激烈勃起,只想早一点进入,没等她足够湿润就迫不及待地插了进去。她像是没有什么快感,紧闭着眼睛和嘴唇,直到我生硬地进入。

我满身是汗,抱紧直子,在脑袋的一阵麻痹中射了。之后也没放开她，看着她虚脱的表情。我终于明白了自己为什么爱这个女人。以前我一直没发现，直子和京极亮子不知哪儿很相像——这不就意味着也像京极的母亲吗？

我想，抱着直子，大概意味着我的脑已经被京极支配。

"有办法了，"直子在我的臂弯里说，"脑移植委员会集中了脑科学权威，就算完全治愈有困难，不让病情继续恶化大概也不是多么困难的事。"

"不可信，"我说，"我讨厌被他们用来沽名钓誉。"

"你可以不信他们，相信我吧。我先去调查，再把能接受的东西告诉你。也就是说，我来当联络员。"

"你也会上当，事实上你就被他们骗过。"

"现在没关系了，我也不是那么好欺负的。"

"你为什么这么护着我？"

"还用说吗？"她把手放在我胸口，"因为我喜欢你。"

也许我应该问问，我这个脑子快要疯掉的男人身上有什么东西能吸引她，但一产生这疑问，头痛就要发作，只好故意往别处想。"帮我做件事。"

"什么？"

"书架最上层左边第二本是植物图鉴，那只是书皮，里面是我现在的日记本，尽可能客观地记录了我的变化过程。"

直子凝视着书架，轻声说："啊，原来那是日记呀。"

"怎么了？"

"没有，只是以前觉得你看的书真怪。为什么要套上那样的封皮？"

"为了不让人随便看。让你帮我做的是，如果我失去了成濑纯一的心，你就帮我把它毁掉。我不想让任何人看到，在那之前你也别看。"

直子抬起头:"你不会失去你的心的。"

"我也希望这样,但不能逃避现实。总有一天,我会被京极完全取代,就算记忆和意识还是成濑纯一的,人格将变成别人的,然后会去那儿,那个精神病院。"

直子闭上眼,摇了好几下头:"别那么说。"

"不是我想这么说。今天看了那家医院,条件还不差,觉得我在那儿度过余生也还合适。你能接受我的请求?"

她看看我,又看看书架,终于微微点头:"明白了,假如有那么一天的话。我相信不会有那一天。"

"梦想大了,失望也大。"

"我不管,我不会抛掉希望的。只是……"

"什么?"

"把日记毁掉真是可惜,它有相当大的学术价值呢。"

"……哦?"我看着直子的侧脸,她的鼻梁像滑雪台般画出优美柔和的弧线,眼睛如深不可测的湖水,闪着奇异的光。我觉得有什么沉重、不祥的东西在胸口滋长,就像喝了铅一样。我下意识地挡住了这种感觉。

我对她说可以住下,但她说有今天必须完成的事,回去了。她走后,我在屋子里回忆她柔软的肌肤、炽热的呼吸,很奇怪,我没有一点对不起阿惠的意识。难道成濑纯一的良心也正在消失?

我得把今天的事写在日记里,这是近来最重要的一天。要写的东西太多了:关于支配着我的是俄狄浦斯的化身,关于我输给他、抱了直子。直子就是俄狄浦斯的母亲。

我刚要打开日记本,忽然诧异地发现,书架上书的摆放位置好像变了——英语字典放在我从来不放的地方。

我又看了看书桌抽屉,也是一样,有被谁碰过的痕迹——只有一个人能做到。

厌恶之心油然而生。我不想深究，但发现了决定性的一个疑点。那就是电话，和平时摆放的位置不同，被转了九十度——我从来不这么放。

我想起在门外听见里面有说话声，直子说是电视的声音，其实是她在打电话。是在给谁打？为什么要隐瞒？

我的脑子里又浮现出她刚才的话，她说日记毁了很可惜。科学价值？日记是我为自己写的，不是为其他任何人，这难道她不知道？要是在乎日记的科学价值，和堂元他们有什么区别？

我想到了电话的重拨功能，便拿起听筒，摁了重拨键。电话铃响了几声，对方拿起了话筒。

"喂，东和大学。"声音爱理不理的，大概是传达室。我挂上电话，心跳开始加速。

心头的不快在蔓延。我努力抑制自己不去怀疑直子。她说她喜欢我，打开身体接受了我，我要珍惜这样的事实。

回过神来，我在触摸红色的琴键，它发出的声音能让我平静。可琴声被隔壁传来的学生们的喧闹声淹没了。我忍耐了一阵，终于忍不住冲了出去，在隔壁门上猛踢。臼井惊恐地走出来，我抓住他的衣领，威胁说再吵就不客气了。他吓傻了，不住点头。

33

我强烈感觉到危机。近来我充分察觉自己有越轨的行为,终于,顶峰式症状露出了苗头。难以相信自己会做那样的事,但那正是事实。现在手上还留有当时的感觉。

昨天深夜,我像往常一样写完日记,在看书。那是一本在书店看到的宗教书,我抱着一丝希望买了回来,希望能找到一点启发,让自己走出眼下的状态。有人喜欢书中"视心为空"这句话,若真能做到,我就不用害怕京极的影子了。

正读得起劲,一阵狗叫声从后面一个院子里传来。自从我搬到这儿,那家就没安静过。

那是条胆小的狗,只要有人经过门前就叫。它像是笨极了,除了家人,谁都记不住,并且一旦开始就叫个不停,直到看不见对方。

我听说有人去投诉过,那家主妇回敬道"不叫的狗看不了门"。当时我就想,狗这么蠢,是像主人。

看看时间,已经过了凌晨一点。狗还在叫个不停,难道那家人就不觉得吵?他们家院子不大,看起来是普通房子,隔音效果不会太好。

我没法集中精神往下读了,书的内容本来就得静下心来才能理解。

我粗暴地放下书站起来,打开壁橱,从工具箱里拿出扳手和锯子走了出去——最近好长时间没用,它们都生锈了。后来我想破脑袋也弄不明白,当时为什么会一下子操起那两样家伙。

闷热的天气最近已持续很久。大多数房间已经熄了灯,空调室外机在响。

我站在那户人家外面。有个停车位上没有停车,放着狗窝和小孩玩的秋千。

狗被长链子拴着,链子的长度能让它在整个停车位跑动。我一靠近,它叫得更响了。我听见公寓的某个房间关上了窗。

要说是看门狗,这狗挺小,是条黑色的杂种狗,正吐着长舌头叫个不停。我觉得可笑,这家人不可能听不见这么大动静,大概总是这样,习惯了。这可起不了一点看门的作用。

我打开栅栏,狗开始狂吠,没准真是疯了。脖子被拴住了,它用两条后腿支着身体站着,对我充满敌意。

我右手拿着扳手,看看四周。正是深夜,大家对这条狗已经绝望了,看样子不会被人看见。

我扬起扳手,一下击中它的额头。它立刻倒下,四腿痉挛,叫声马上小了。我想到往日里它的可恨,不能就此罢手,就又给了它一下。

今天早上路过那家一看,一片哗然。看热闹的聚了一群还没什么,居然把警察也招来了。

"真干得出来啊。"

"就是呀。"

两个主妇模样的邻居在一旁议论着。

"听说不是小偷干的,一定是有人被狗叫惹恼了才干的。"

"哦?"另一个主妇压低了声音,"那狗是够吵的。"

"就是。弄成这样让人恶心,可想到以后夜里不会再那么吵了,还真是松了口气。"

"有线索吗？"

"说是谁也没看见。以前好像有人投诉过狗太吵，那人是不是可疑？"

"话又说回来，也太残忍了。尸体被扔在后面空地上，不知道是谁发现的，幸好不是我。"

"就是呀，要是看到狗脑袋在那儿滚着，还不得晕过去。"

听到这儿，我离开了，朝车站走去。

今天，上班的间歇，我好几回看着自己的手，被油污染红的手时而看起来像染上了血——但这不可能，昨晚回到房间后，我已经用肥皂洗干净了。也许已经没什么奇怪的了，那么多血沾在手上我居然毫不慌张，还没忘记从容不迫地擦掉沾在门把手上的血。

我自问为什么要做得那么绝？我不光用扳手砸死了那条狗，把尸体拉到空地后，还用锯子割下了它的头。想到它傲慢的主人看到这脑袋时的反应，我兴奋得浑身一颤。

成濑纯一无论如何干不了这事。别说割下狗头，连杀狗也做不到。不管怎么想，那都不是正常人干的事。

我的意识中并没有反省昨晚行动的意思。从道理上我明白那是异常行为，却无法把它放在自己身上去评价。这意味着今后我也有可能去干同样的事。

若只是发生在狗身上也就罢了，这是我的心里话。我不得不承认自己有这样的想法：那些没有生存价值的人，干脆杀掉好了。

在员工食堂吃午饭时，我得知杀狗这事比想象的闹得更大，居然上了电视新闻节目。大概是割下狗头这一残忍的情节有新闻卖点。

"警察认为是对狗叫的报复，或者是异常者所为，具体情况正在调查……"

播音员的话沉入我心底。异常者——如果我被抓住，无疑会被贴上这个标签。

我顿时没了食欲。回到车间，我在传送带和机器的包围中找了把椅子坐下，打开刚开始看的宗教书，等着上班铃响。这时女事务员走了过来："成濑，电话。是外线。"

我放下书站起来。她转过身快步走开，简直像在说：可不能跟这种男人一起走。我知道她们私底下说我"恶心"，因工作关系不得不说话时也绝不和我对视。看着她摆着长发的背影，我想，要是能使劲掐她脖子该有多痛快。

电话是橘直子打来的。她开门见山："我看了新闻……"

"狗的事？"

电话那头传来一声长叹："果然是你。事发现场在你家附近，我有些怀疑才打的电话。"

"然后？"

"今晚能见面吗？"

"啊？"

"我直接去你那儿。八点左右可以吗？"

"可以。"我放下电话。想到必须解释昨晚的情况，心头一阵郁闷，但又觉得可以完全敞开心扉，这也是事实。前几天的事还无法释怀。

管它呢，不想了。总之，现在只有直子一个人站在我这边。

34

晚上,她如约而至。我拿出坐垫,端出下班路上买回来的红茶。

"好喝。"直子夸完红茶的味道,马上切入正题,"为什么要这么做,能告诉我吗?"

"没有理由,只是干了想干的。"

"你想把狗杀死,割下脑袋?"她皱起眉头。

"事实上是这样。"我详细叙述了昨晚的情形。她似乎能理解狗叫声吵得人恼火这一点,但当我说到杀狗、砍头时,她眉头紧锁。

我说:"我想画画,可怎么也无法下笔,脑子里一点灵感也没有,只是在贴着白纸的画板前发呆。回过神来,发现自己在碰这钢琴。"

她看着我指给她看的玩具钢琴,像在看什么讨厌的东西。"你是说症状在恶化?"

"没错,并且在加速。京极不让我画画,而想让我弹琴。我觉得这种力量在一天天加大。"

"别那么悲观。你还在记日记吗?"

"嗯。"

"今天记了吗?"

"刚写。"

她点点头,视线移向书架。这动作让我很警惕,她为什么对日记那么在意?从她的眼神中,我能感觉到除了对我的关心,还包含其他的意思。

"你现在已经和那些家伙……堂元他们没来往了?"

"没有了,所以也不知道他们在干什么。"

"是吗?"

"哎,我有个想法。"她的双手手指一会儿交叉一会儿放开,"昨晚这种事没准什么时候还会发生,我很担心,想常来看看你,这样也许能在你一时冲动要干傻事的时候阻止一下。"

"接着说。"

"给我一把备用钥匙吧,不一定总能和你事先打招呼。"

"备用钥匙?"

"是啊,有的吧?"

看着她撒娇般的眼神,我又开始心生厌恶。她为什么要钥匙?是真想救我吗?前几天的情形浮现在脑海里,我去医院那会儿工夫,这个女人究竟在干什么?

我说:"没有备用钥匙,阿惠拿走了。"这是事实。

她的脸上明显露出失望,这表情更加深了我的怀疑。

"哦,真遗憾,还想帮帮你呢。"

我没放过那一瞬——她的目光在书架处停了一下。

"渴了,"我站起来,"我去买啤酒。"

"你不是戒酒了吗?"

"今天例外。你等一会儿。"

走到外面,没想到风凉飕飕的。可能是头脑发热才这么觉得。

我故意提高脚步声走出走廊,又悄无声息地回到门前。我不想怀疑她,但可疑的地方太多了。如果她想出卖我,会趁我不在有什么举动。我打算突然把门打开。

但……

我站在门前刚想开门,听见里面有说话声。我抓着门把手,全身僵硬。她不会和自己说话,那就是说在给谁打电话。

我竖着耳朵,可听不见。过了一会儿,声音没了。她像是挂了电话。

我没有勇气开门。我不愿去想她出卖了我。我愿意相信,她对我的感情是真的,就算我对她的感情源自京极的意愿。

我不知道自己呆了几分钟,或许实际上并没有那么久。我舔舔干燥的唇,深吸一口气,把门打开。

她正在弄自己的包,看样子是正慌忙把什么东西收起来。

"呀,吓我一跳。真快啊。"她脸色发青,"啤酒呢?"

"自动售货机停了,这一带晚上不卖酒。"

"啊,"她神色慌张,"真没办法。"

"你刚才在干吗?"我问。

"没干吗……就是发发呆。"

我看看书架。日记本周围明显被动过。我没说穿,伸手环抱住她。

"你怎么啦?"她一脸不安。

"你会帮我的,对吧?"

"嗯,当然。"

我把唇贴了过去,就势把她放平,将手从她的裙子底下伸进去,粗暴地扯下她的丝袜和内裤。她的私处还没湿润,突然被触到花芯,身子一颤。

我不管她小声抗议"别胡来",由着性子在她身上发泄。她一直忍着,仔细想想,能忍受这样的痛苦,一定有什么原因。

完事后我说:"去冲个澡吧,汗津津的不舒服。我一会儿洗。"

她犹豫了一下,似乎没找到拒绝的理由,便赤裸着站起来,沉默地走进浴室。

听见浴室传来淋浴的声音,我直起身拉过她的包打开,首先看到的是个相机大小的黑色机器。我拿在手里看了看,马上明白了那是一台手提复印机。再看看包里,发现了几张复印纸,纸上印的不是别的,正是我日记的一部分。

我开始耳鸣,被抑制的东西在往上涌。脑在拒绝往深处想,是京极在拒绝。

头晕。脑袋深处传来电子音,嗡嗡作响。

我把包放回原处,躺下抱着脑袋。正好这时她从浴室中走出,身上裹着浴巾。也许是发现气氛不对,她的表情有些生硬:"怎么了?"

"没事。"我躺着朝她伸出右手。她在旁边坐下,握着我的手,被我一下拉了过去,失去平衡,倒在我怀里。浴巾开了,露出湿润的肌肤。我吻了吻她的耳朵,有浴液的香味。又开始坚硬的器官碰到她的腰。刚才似乎还为气氛变化而不安的她像是因为我的反应放下心来。"又要?"她的眼神有些为难,表情却缓和下来。

"有事和你商量。"

"什么?"

"和我远走高飞吧,去安静的地方,不用和别人来往。"

一丝困惑在她眼里闪过——我预料中的反应。她扭过身去,背对着我:"那样不好,还是应该尝试治疗,不要放弃。"

我亲吻着她白皙的背,手伸到她胸前抚摩着乳头:"你不愿意?"

"不是,我是想寻找能让你康复的办法。"

"没有办法。"

"会有的。"她转过身,"不要自暴自弃。"

"跟我一起走。明天就走,明天早上出发。"

"别胡说，这明摆着不可能。"

"可能。"我骑上她，她很配合地环抱着我的背。我坐稳了，让她无法动弹，然后说："你的行李只有那个，有那个包就行了，对吧？"

"啊？！"她一脸茫然，眨了眨眼。

"那个包。"我说，"必要的想必只有复印机？"

"……你看啦？"她的脸上写满恐惧和困惑。

"为什么？"我俯视着她，"我做错了什么？我什么都没做，只不过是爱上了你，而这也是因为你们给我做的手术。为什么对我这么过分？"

她的眸子在晃，嘴唇在颤抖："不是的……你听我说，这里头有原因。"

我压着她的身子，双手挪到她的脖子："你说吧，俄狄浦斯最后也被他母亲骗了吗？"

"求求你，听我说。我是爱你的。"她开始哭。

我脑中火花四射。爱——她不该用这个词。这只能践踏我的精神。

我掐她的脖子，手指抠入皮肤，柔软中带着坚硬。她的脸因惊恐而变形，手脚并用地挣扎着。过了一会儿，她的眼球变得白多黑少，现出无数血管，脸上的皮肤变成青色，口水从没了血色的唇边流了下来。

她不动了，我没离开她的身体。肌肤还有体温。她发呆似的看着空中，那虚空的表情和活着的时候相比有一种不同的美。我亲她的脖子，吸着乳头，下体更硬了。

我站起身，抬起她的双腿细看。她失禁了，恶臭刺鼻，我却简直觉得甜美。用手帮忙，我插了进去。奇怪的是，她的私处仿佛还有生命，在动。我动了几下，马上有了快感。

她的唇间淌出黏液，仿佛是生的余音。我低头看着她，比刚才更猛烈地射了。

我离开她，赤裸着站起来，从流理台下拿出一瓶白兰地打开，独特的香味飘散开来。

我没找酒杯，对着瓶子就喝。久违的酒精毫无抵触地被全身吸收，就像往干枯的沙漠洒水。

我看着她。是个美丽的女人，但，不过如此，我没有任何感情，没有悲伤也没有愤怒，当然，也没有后悔。

我站在窗边拉开窗帘。今晚真安静，幸好杀了那条狗。看着如墨的夜色，我的心沉静了下来。

渐渐萎缩的性器发出异臭，我浇上白兰地去洗。刚才没发现有点擦伤，酒精渗进去，疼。

我猛喝一口白兰地，又把目光投向窗外。我的视线没有穿过玻璃，看着窗上映出的自己的脸。那张脸毫无生气，没有一丝感情。以前我见过这张脸。

是那个有着死鱼眼一样眼睛的男人。

【叶村惠日记 5】

八月二十一日，星期二（晴）

不祥的预感。那条电视新闻。

看到杀狗事件，心脏都要停止跳动了。那是阿纯公寓后面人家的狗。阿纯讨厌它，也说过杀死就好了。

难道是他？这不可能。他连虫子都杀不了。

假如是他干的呢？怪我吗？知道他痛苦却逃走，我错了吗？

35

杀死橘直子已过了三天。这天，我吃完午饭回到车间，看见留言条上写着有人在等我。看那笨拙的字迹，一定是那个轻狂的事务员留的字条。最近不管什么事她都用纸片传达，这种方式我也求之不得。

近来我尽量避免和别人接触，在周围全是机器的空间默默重复着同样的工作，只在开工前和收工后与班长商量时不得不和他对话，那时我也很少主动开口，只是听他的指示，被问到什么也尽可能简短作答。

班长觉得我是个怪人，不好沟通，但我在工作上没出过差错，效率也远远超过以往的工人，他对我无可挑剔。

工厂正门入口有个简易大厅，可以在那里和来访的同行交谈。正值午休时间，二十多张桌子空空如也，我一眼就看到了我的客人——当然，即使在人群中我也不会认错——仓田警官。

"希望没打扰你吃饭。"他看着我的脸。

"像是有急事呀，"我一边用猎犬般的眼神回视他，一边在他面前坐下，"特意跑到这么臭烘烘的地方。"

"也不是多着急的事。本来想晚上去找你，又想看看你在哪种地方工作，就上这儿来了。"

"哦？"我靠在椅子上，抱着胳膊，"找我什么事？"

"是这样……"他拿出笔记本打开，盯着我看了一会儿说，"身体不舒服？"

我摇摇头："没有。"

"哦，那就好……好像脸色不太好。"

"大概是干活儿累的，最近有点忙。"

"最好悠着点。"他的目光回到笔记本，"你知道橘直子吧，在东和大学医学部堂元研究室当助手的那个。"

我点点头。这是预料中的问题，我丝毫不觉意外："她怎么了？"

"两三天前失踪了。"

"失踪……"我觉得这个词听起来很奇怪，大概是因为知道她在哪儿才这么觉得，"下落不明？"

"对。两天前她在老家的父母报了案。她母亲说，两天前的中午，堂元教授给她打电话，说她女儿没去大学，往家里打电话也没人接，问她知不知道情况。她母亲慌忙去了她公寓，果然没人。以为是出去旅行了，可没有准备过的迹象，跟谁都没打招呼就走了也很奇怪。她母亲给能想到的人打了一圈电话，没人知道她的去向。听说本来她母亲想再等一晚上再报警，可担心得坐不住了，深夜跑到了警察局。"

"这样，"我说，"也不一定是出了什么事。"

"可不能不管。可能是卷进了什么事件。特别是她和那个意义重大的手术有关，现在下落不明，必须考虑到那个方面。有关情况相当麻烦。我负责这件事，也是因为我多少对情况有所了解。"

他没说她可能被杀了。

"你想问我什么？"我歪着头，微微扬起下巴。

"首先是线索。关于她的失踪，你能想到什么吗？"

我慢慢转过脸去："我不可能知道她的去向，对吧？"

"即使不知道，我想你也许从她那里听说了什么。听说你住院期间一直是她在照顾，出院后你们也多次在研究室之类的地方见过面，不是吗？"

我轻轻点头，他的话让我捉摸不透。他肯定问过堂元了，那些家伙应该知道直子经常单独和我见面。但从他刚才的话来看，他似乎还毫不知情。是明明知道却装傻呢，还是没从堂元那儿听说？如果是后者，堂元为什么不说？

"你最后一次见到她是……"他换了个提问方式。我说是去嵯峨家那天，已经很久了。他记录下来，说："能回忆一下除了你的治疗之外，她还跟你说过什么吗？"

我说了几件无关紧要的事，然后问："关于她最近的情况，你没去问堂元博士吗？"

"当然问了。可他没有任何线索，说是只知道她前一天还和往常一样来大学，照常工作到傍晚六点左右回家，然后就消失了。"

原来是堂元在装傻。他究竟为什么要这样？如果说出真相，我一定会被怀疑。他为什么要遮掩？

"很抱歉，我提供不了任何线索。"

"是吗？"他似乎也没怎么怀疑，略显遗憾地把笔记本放进西装内袋，"那我再问问别人。"

"你觉得她会出事吗？"

"怎么说呢？"他挠挠头，"觉得她可能会突然出现，也觉得可能会有最坏的结果。我也不知道。"

我沉默着点点头，知道已被他的后一个猜测所言中。

【仓田谦三笔记　2】

　　八月二十四日，为东和大学医学部研究人员橘直子失踪事件，去见了她曾照顾过的患者成濑纯一。每次见面，这人给我的印象都有些不同。第一次见面时，觉得他特别认真，现在已经没这感觉了。
　　没有要特别记录的事项。

36

　　下午,我一边干活儿,一边回想那天晚上的事。那情景已经在脑海里出现了无数次,大概这辈子也甩不掉了——假如我还有所谓"一辈子"的话。

　　我在狭小的浴室里肢解了直子的尸体,整个拖走太麻烦。前两天用来割过狗头的锯子生了锈,用起来很钝。

　　切割完毕,我把尸块一个个装进黑色塑料袋。以前我连恐怖片都不敢看,现在却了无惧意。大概也不能这么说,现在的我已经不是以前的成濑纯一了。

　　连亲手杀了她的我,都难以辨认她的头颅,原来人死后变化会如此之大,还是因为在锯的过程中变形了?我最后亲了一下,把她的头放进塑料袋。

　　第二天晚上,向隔壁的臼井悠纪夫借了车出去处理。最近,臼井见到我总像见到了什么不明真相的东西似的,借车时他好像也有些不情愿,但还是把钥匙给了我,大概是迫于我体内散发的异常压力。他见我把塑料袋搬上车,便问:"装的是什么?"我说:"别担心,不是垃圾。"他喃喃自语:"我不是担心那个。"你这种不知天高地厚的公子哥做梦也不会想到的，惹了我小心把你也剁成这样——我在心里恶狠狠地骂道，坐进车，发动引擎。

我先去了工厂，从仓库偷了把铁锹，冬天能用来铲雪那种，少了一把大概谁也不会在意。

我已经想好要把尸体扔在哪儿了。我想起了以前也是向臼井借了车，和阿惠去秩父那边兜风的情景。我们把车开进谁也不会进入的树林，生平第一次在车里做爱。在狭窄的车里相拥比想象的困难得多，做是做了，却光顾着担心会不会有人来。

阿惠……

想起她，我胸口发疼。她现在怎样了呢？我曾经把让她幸福视为梦想，现在，那段时光好像已是遥远的过去。

我把车停在和阿惠有过回忆的地方，拿着铁锹往树林里走了十多米，选了块泥土松软的地方开始挖。我不指望能永远不被发现，只是想争取一点点时间。

不知过了多久，大约挖了一米深，我拿过塑料袋，把里头的东西倒进坑里。周围一片漆黑，只有手电筒发出微光，因此，我并没觉得自己正埋着橘直子的身体。

我填上土，整理了一下表面，那块突起明显不自然，白天看大概会更显突兀。但这儿人迹罕至，即使有人觉得奇怪，大概也不会想到居然有尸体埋在下面。就这样吧，我满意了。要是马上被发现，那就是命该如此了。

塑料袋被我在回家途中扔进了某个公园的垃圾袋，铁锹扔进了废品回收点。大概不会有人怀疑这些东西。

我把车停在臼井的停车位，钥匙扔进他的信箱。结束这一切回到家，闹钟已经指向凌晨两点。

就算逃不了也没事——回想那天晚上的情景，我对自己说。稍稍动动脑子,就知道自己犯了好几个一般罪犯绝对不会犯的危险错误。比如塑料袋,如果有人捡到,大概会注意到里面残留的血和体液,于是报警,警察会视为和某项犯罪有关而进行搜查。假如不久之后秩父山里的碎尸被发现,这其中的联系就会被确定。血型一致,那么塑料袋上残留的指纹就会受到重视。还有,寻找橘直子行踪的人们会怀疑死者是不是她。即使尸体已经腐烂,光从外观无法判断,也许还可以对照指纹,或者从牙齿治疗痕迹来判断。总之,依靠科学调查,死者会被认定是橘直子。那么,寻找塑料袋上的指纹来源就将成为调查焦点,所有直子周围的人都将会接受指纹调查。警察一旦发现塑料袋上的指纹和我的一致,就会把我当成重要嫌疑人来传讯。

即使事态果真发展成这样也无可奈何,对于被捕一事,我全无恐惧。只是进监狱罢了,就算被判处死刑也无所谓,反正人总会死,只不过或早或晚。生命也不是什么值得绞尽脑汁去延长的东西,何况我正在变成京极。

只是,我还在珍惜所剩无几的成濑纯一的意识,想尽可能长久地保持纯一的感情,直到失去自由。如果不能阻止人格变化的脚步,至少,我想让它慢一点。

昨晚,我一直在看相册,直到深夜。照片中的父母还那么年轻、健康。我有很多婴儿时的照片,说明我是在祝福中降临人世的。然后是小学、中学时代,我长得很小,照相时总是低着头。

我对自己说,这就是我的过去。我努力去回想童年、高中时都做了什么,是什么感觉。这些记忆仿佛从前读过的故事中的一节,虽没什么真实感,但还想得起来。

我不停地翻着相册,看累了就拿出通讯录,上面写着过去见过的人的名字,按字母顺序排列着。我从头翻起,回忆同他们的相遇和来往。我在心里说,记忆中自己做过的那些事,对现在的我来说难以置信,但的确系我所为，正如相册里贴的照片无疑是我自己一样。

前一阵子也试过，今天我又决定在回家的路上去音像店，去借曾看过的喜剧片。也许不会觉得有趣，但看到该笑的地方我要笑，即使是强迫自己，这样也许就会觉得真的可笑。

这计划被稍稍打乱了。下班后，我刚出工厂大门就被人叫住了。声音来自停在身旁的车子里。

"能打搅一会儿？"是若生。

看到和那手术有关的人，憎恶涌上心头，我简直要呕吐。本想说没工夫跟你这种人说话，但略一思索后我说："我只有三十分钟。"反正是关于直子的事，我也正想问他呢。

他说："上车吧。"我坐进后座。

他沉默着开车，好像已经想好了目的地。我任由他往前开。

车停在一个大楼工地附近，周围停着卡车和推土机，没有人影，今天像是停工了。难怪，这儿不会被人看见，密谈再合适不过了。

"堂元在哪儿？"我边问边看看车四周。一定是那家伙让若生把我带到这儿的。

可他说："别误会，没想让你见老师，找你的只是我。堂元教授他们告诫过我，近期不要靠近你。"他回过头来，脸上的表情是"不能大意"。他的话真可笑。

"找我什么事？"我摆好架势。

他脸上神经质般地现出凶相："你把她怎么了？"

"她？"

"别装蒜了，我说的是小橘，她三天前去你那儿了吧？然后就不知去向了。"

"她去过我那儿？"我歪歪嘴，"去干吗？"

他不耐烦地摇摇头："别浪费时间了，省省无聊的废话吧。她为了收集有关你的资料而接近你,甚至不惜以身体为诱饵。我说的是这个。"

"我承认一直在和她见面,她可没说什么收集资料,说是担心我,常来看看。"

听到这儿,他摆摆手:"你不会把她的话当真吧?总之,我们知道你和她见面的事,也知道三天前你们见过面,之后她就消失了。我当然怀疑你对她做了什么,你把她怎么了?"

我往车座里深深靠去:"不知道。"

"这不可能,你老实说!"

"不知道。"我说,"要是警察这么问,我还能理解,但为什么是你?要是知道那女人去过我家,跟警察说不就行了?那样不就是警察来问你刚才的问题了?"

"不能那么做,为此我们也很辛苦!"他的太阳穴在动,"大概你也听堂元教授说了,脑移植研究所有强大的后台,根据他们的要求,研究必须在不引发冲突的前提下顺利进行,不允许有事故。倘若首例脑移植患者居然在术后发疯,这是最要命的。你明白了吧?你今后也必须是个善良的好青年,所以关于小橘的事,我们也决定最近不和你接触,弄不好让警察盯上你就麻烦了。出于同样的理由,我们对小橘前一段跟你见面这事也保密。"

"也就是说一切都得看你们的安排。"

"要是你能老实一点,我们也不用这么辛苦了。"

"你这么跑来跟我见面,这份辛苦岂不有泡汤的危险?你为什么违背堂元的命令?"听我这么问,他立刻躲开视线,又重新对我怒目而视。"哦,"我点点头,"你迷恋那个女人。"

"你这种人不会理解我的心情。好了,说吧,你把她怎么了?弄哪儿去了?"

"喜欢的女人，自己找去。"我慢悠悠地说。

他的脸绷紧了："你杀了她？"

我沉默着迎上他的目光。他似乎得到了确认，脸涨得通红，面部肌肉也颤抖起来："果然杀了她。"他的表情不同寻常，大概已有了相当的心理准备，才能极力控制住自己。

"这种对话没劲、无聊。我走了。"我拉开门下车。

这时他在背后说："我一定要杀了你。"

我回头扔下一句："你来吧。"

37

在电视上看到发现尸体的新闻是第二天,星期六晚上。

这天晚上,我从音像店借了两卷外国片录像带,都是以前看得捧腹大笑的喜剧片,可现在看来完全不明白有什么好笑,只能从演员们卖力的表演中感觉到空虚。我还是笑了,看到该笑的场面就放声笑给自己听,这比画面中的演员更加滑稽和空虚。看了三十分钟,我开始强烈地厌恶自己,把录像带停了。刚想把遥控器扔向画面,电视上插播了新闻。

"今天中午,在埼玉县秩父市的深山里,发现了像是女子的碎尸……"

我拿着遥控器的手停住了。

一脸若无其事的播音员说,发现尸体的是现场附近的本地人,他隔几天便去山里转转,看到树林里有汽车闯入的痕迹,觉得奇怪,巡视一圈后发现有个可疑的土堆,在下面挖出了尸体。电视画面上还有一幅显示事发地点的简易图,无疑就是我埋了直子的地方。

尸体身份尚未辨明,但死亡日期居然已经确定,身份识别也只是时间问题了。我觉得来得有些快,但并没失望,甚至还有些放下心来的感觉——不用再为那尸体的下落伤脑筋了。

单纯的好奇心冒了出来：堂元他们会怎么想？他们怀疑是我杀了橘直子，但若尸体不被发现，那只不过是想象。现在，他们不能不采取措施了吧，如果撒手不管，警察一定会找上我。

我暗笑：事情变得好玩了，世界首例脑移植患者因脑袋发疯杀了人——媒体要是知道了岂不蜂拥而至？我倒要看看堂元他们怎么收场。

星期一中午，有人往车间打电话找我。上班时间没有特殊情况是不给转电话的，对方像是说有急事。我停住机器站起来。一会儿等我回来时，货盘大概要堆积如山了。

我拿起听筒，传来一个低低的声音："干得真好。"我马上明白是若生，他好像已经知道了尸体的身份。他呻吟似的接着说："我要杀了你！"

"不是说了让你放马过来吗？"

他一听像野兽般咆哮起来："啊，杀了你！我一定要杀了你！你等着！"

放下电话，我跟正在一旁算加班时间的女事务员打了声招呼。她放下圆珠笔，怯生生地看着我。

我说："给我张辞职表。"

笨头笨脑的她好像听不懂似的，"啊"地半张着嘴没有反应。

"辞职表。要辞职总得写点什么吧？"

"哦……知道了。"她终于站起来。

大概听到了我们的对话，班长走了过来："喂，你想干吗？"

我觉得麻烦，就没理他。可他不依不饶："你说话啊！"我用拳头顶着他的胸口："不想干就不干了，少啰唆。"

当个班长就得意忘形的中年男人明白过来，他那点小权力在我这儿已行不通，一下子气短了，不再开口。

我从事务员那儿拿过辞职表,当场就在"必要事项"一栏写上"出于个人原因",再交给她:"这样行了吧?"

"你还得去底下一栏的部门,分别盖上章……"

辞职表下面有几个隔开的栏目,要盖所属部门主管、健康保险部门、福利科之类的章。真是无聊。我推给事务员:"我没工夫去转,你替我办吧。"

"啊?这我可办不了。"

"那就这样直接送到人事部去,过两天我会把保险证、工作证寄过来。"说完,我快步离开。

一旦尸体身份被辨明,就远走高飞——我从昨天开始一直在考虑这个问题。反正我已时日无多,不是被警察抓走,就是完全发狂。既然如此,我想在合适的地方度过最后的时光,在那儿像过去的成濑纯一那样画画,不管多痛苦都要画,到了无论如何也画不了的时候,只好自行了断——这是成濑纯一对京极的最后抵抗。

我换上便装,赶紧回家。其实行李早已准备好,我想过大概离真相大白已经不远,但没想到会这么快。

我走到门前,拧开锁,刚跨进一步,就"啊"了一声。

阿惠坐在屋里。

"啊……回来啦。"她像是也有些吃惊,"怎么了?回来得这么早?"

"你在干吗?"我问,"为什么会在这儿?"

"我回来了,就刚才。在这儿等你啊。"

我不知道该怎么面对她,该说些什么,摇摇晃晃地进屋,坐在她对面。我无法和她对视,脑子陷入停滞。

"你准备去旅行?"她看着背包,"去哪儿?山里?"

"不是旅行。"我用虚无的眼神看着她的脸。还是一样的雀斑。"是消失。"

"消失？消失是什么意思？"

"就是从这个世界上消失！"我大叫。

她身子一颤。沉默如围墙般把两个人挡开片刻。"这是为什么？"她眼中满是悲伤，"在你身上究竟发生了什么？求求你，告诉我吧，不是说好有一天会告诉我的吗？"

看着她的表情，我开始头痛，坐着不动也变得很艰难。"我……杀了人。"

听到这句话的瞬间，她像坏了的布娃娃似的全身僵硬，表情凝固。过了一会儿，她的表情依然呆滞，只有脖子像上了发条般开始摇动："你骗我！"

"没骗你。还记得那个叫橘直子的女人吧？我杀了她，杀了之后用锯子锯开，埋到山里了。你没听新闻吗，在秩父发现了碎尸，尸体的身份今天弄清了。警察也会到这儿来。我不想给你惹麻烦，赶紧离开这儿。"

她堵上耳朵，拼命摇头："不要，我不要听！阿纯……阿纯你不可能干那种事！"

我把她的双手从耳边拽开："你听着，我已经不是你认识的以前的阿纯！站在这儿的人只有成濑纯一的外壳，里面已经变成别人了！"

"你胡说，胡说！我不信！"她拼命摇头，头发乱成一团。

"你必须信！我的脑正在被移植的京极的脑取代！"

"京极？"她看着我，满眼惊恐。

"堂元他们骗了我，移植给我的脑来自京极，那个杀人狂。我的脑也开始发狂了，杀人就是证据。明白了吧？！"我把她推到一边，她双手撑在地板上。

我站起来，从壁柜里拿出锯子，上面沾着的一看便知是人血。"看看这个！"我把它放在她面前，"就是用它割的那女人，在浴室！"

一看到锯齿,她痛苦地皱紧眉头,右手捂住了嘴,全身痉挛,像是在忍住呕吐。

"你信了?"我平静地说,"明白了就走吧。这事跟你没关系。"

她垂着头,摇了摇。我问"为什么",她抬起满是泪水的脸看我:"因为我喜欢你,爱着你。是病总能治,我治给你看,我会把你变回原来的阿纯。"

"已经回不去了。要我说几次你才明白?反正我已经没有未来,不久警察就会来抓我。你不走我走,本来我也要走。"

我伸手去拿背包,阿惠抱住我的腿:"你去哪儿?带我走吧。"

"别说蠢话,我想一个人度过自己的最后时光,不想被女人打搅。"

我扯她的头发,她不松手。我受不了,开始踢她。她一边抽泣,一边抱住我的腰,不管我踢她还是打她的脸都不撒手。

大概因为动作太过剧烈,我的意识模糊起来,于是放下全身力气,长长叹了一口气。她的背起伏着。

"为什么?"我说,"为什么不让我一个人走?"

她抬起头,脸已变得红肿,大概是被我刚才打的。

"你要死的话……死在我面前吧。"

"你说什么?"

"我不想就这样结束我的爱。要死的话就死给我看,求你了。"她咬着嘴唇,目不转睛地盯着我。

"我已经疯了,跟着我很危险。"

"可能会杀了我?"她说着点点头,"想杀你就杀吧。我要跟你一起走。"

我看着她的脖子。我会不会像掐死直子一样去掐她的脖子?

刚一想象去杀阿惠的瞬间,剧烈的头痛袭来,像是从内到外被挤压。我抱着头蹲下。

"怎么啦？没事吧？"她俯身看我。

我一动不动地等着头痛离开，过了一会儿，它悄无声息地消失了。我站起来看着她："就算要走，今晚还不知道住哪儿，你跟着我只会添乱。"

"去我那儿吧。我租了短期公寓，谁也不会找到那儿，可以随便住。"

我警惕地去读她的表情，但有种预感：要是进一步去猜疑她，刚才那种头痛会再次发生。

"离这儿近吗？"我问。

"坐电车一会儿就到。"

"好，你带路。你绝不要出卖我。"

她垂下眉梢，摇摇头："刚才说过了，要是我出卖你，就杀了我好了。"

头隐隐作痛。"好了，不说了。"

我背上背包，她拿起她那点行李走出房门。如果警察来了，发现我已出逃，就会确定我是杀死橘直子的凶手。这些都无所谓了，我只需要不被任何事打扰的自由时间，哪怕只是短暂的一点点。

我们朝着车站默默前行，只要到了车站、坐上电车，就赢了。

走了一会儿，刚到大路上，我发觉背后有汽车声逼近。一回头，一辆白色厢式货车朝我们直冲过来。

"危险！"阿惠扑向我，我俩倒在路边。货车开过去十米左右停了一下，司机没有下车，扬长而去。

"怎么开的车，也不道个歉。"她站起来拍拍衣服上的灰尘，嘟囔道。

"这会儿他大概正懊丧不已吧。"我也站起来，"就差一点没得手。"

"得手？"

"刚才是想撞死我。开车的大概是若生。"

"他为什么要杀你？"

"想报仇。"我说着继续向车站走去。

她租了一居室，卧室还算大，从阳台看出去全是建筑物。我已经没有能力判断在这儿画画是否理想，暂且把风景写生当成第一目标吧。

"这个房间我用，不要随便进来，明白了？"我把行李放进卧室，吩咐她。

"明白了。"她回答。

电话安在卧室，正合我意。我马上拿起电话，打给东和大学找若生。等了一会儿，他接听了电话。

"真可惜呀。"我径直这么说。

他立刻意识到是我。"你在哪儿？"

"我倒是想告诉你，但不想被打搅。给不了你来杀我的机会，真是遗憾。"

他挤出一声怪笑："别得意得太早。我这边不是一个人，而且都是专业的。"

"专业？"

"具体消息我还不知道，好像已经有人下令杀你了，要布置成意外事故。试验失败的怪物得在失败暴露之前暗地里灭掉。警察也已经插手，一切会以一场事故来结束，就算情形有些不自然。我不知道你在哪儿，但一定会找到！"

"但愿你还赶得上。"

"赶得上什么？"

"我的消失。"

"别想逃走，逃到哪儿我都会去追。"

"我等着。"我挂上电话。

【叶村惠日记 6】

八月二十七日，星期一（晴）

终于回到了阿纯身边。啊！神没有听见我的祈祷，他正在往地狱的路上滚落。今天见到久别的他，怎么看都不像过去的阿纯。

但我必须保护他，从京极的亡灵那儿保护我爱的阿纯。我害怕，但不能逃。我已经逃过一次，不允许有第二次。

可他居然会杀人，能战胜那么厉害的亡灵吗……

【堂元笔记　9】

八月二十八日，星期二。

那家伙在行动，要杀成濑纯一？要抹杀那样的研究材料？真不是正常人所为。

该早点抓住他关起来。那家伙完全不知道情况。

今天去见了京极亮子，问了她和成濑纯一之间产生的第六感，心有灵犀这一观点和我的主张达成一致。真想把两人叫在一起进行试验。

我动员亮子配合研究，她说如果能见到他就可以配合。成濑纯一——所有的关键都捏在他手上。

38

"喂，妈妈，是我。嗯，现在在东京。你那儿有什么奇怪的事吗？啊？警察？为什么警察会来我这儿？找谁？我已经和他分手了，没关系了，你就跟他们这么说。什么？我这儿的电话号码？不行，警察来了多讨厌，你就编个理由嘛。妈妈不用给我打电话，有事我会打过去的，再说白天我也总在外面……这个我也不知道，怎么能一出来就定好什么时候回去呢？好了，挂了啊，明天再打。"挂上电话，她回过头，"听见了吧？"

"好像是警察来过了。"我放下画笔，躺在床上。

尸体身份被弄清已经两天了，警方从什么线索入手盯上了我也并不奇怪。就算没有线索，我下落不明也很可疑，警方一定在四处找我，这样一来，最先被怀疑的就是阿惠周围的人了。

"你在这儿没事的，我跟谁也没说。"

"你有钱吗？"我问。

"别担心，还有信用卡呢。"

我从床上起身，拿过自己的钱包，把借记卡扔到她面前："里面大概有五十万，全部取出来。"我说了密码。这一类的记忆都还在，可我已经慢慢地不是成濑纯一了。

"我一会儿去，顺便买点吃的。"她拿起卡片。

我拿起画笔，面朝画板。窗外的风景画了一半。原来画画时会出现无视左侧空间的症状，这回却没有这种倾向。这并非病情有所好转，只是因为描绘右侧的能力正在消失，表面上看起来有了平衡——画的水平能证明这一点，我只是在画面上机械排列着四角建筑物，也许小学生都能画得更好一些，而我连画到这一步都很困难，只是把看到的东西照原样画下来。按说还应该有些许储存的画画技巧，可一拿起笔就无从下手，对要画成什么样子毫无感觉。

我强迫自己动着在抗拒的手，继续去画眼前的垃圾画。要是以前的自己会怎么画？——我脑子里只有这个念头，边想边涂颜料。我满头大汗。越往下画，画面变得越滑稽，让人绝望的是不知道哪儿不对。血往上涌，心跳加快，全身如着火般发烫。

我扔掉画笔，双手拿起画板使劲往膝盖砸去。画板破了，膝盖沾满颜料，画当然也废了。

阿惠开口了："还是歇一会儿吧——"

我把砸破的画板扔过去："别烦我，闭嘴！赶紧买东西去，顺便买个新画板回来！"

她想说什么，却又捡起摔破的画板默默出了门。

我又把自己扔到床上。眼皮沉重，头大如斗，大概是因为这两三天睡眠不足，毕竟只睡了一两个钟头。一想到时间所剩无几，我就无法毫无意义地睡上几个小时。我害怕自己再睁开眼时，整个世界已经面目全非。

我慢慢地下了床，蹲在地板上。屋子角落里放着那架红色钢琴。往背包里装行李时，不知为何，第一样装进去的就是它。

我坐在钢琴前面，用食指敲键盘，断断续续地弹起知道的曲子。

没有几个键，曲子弹到一半几乎就断掉了。即使这样，这琴声也像一剂特效药，让我的心静了下来，甚至希望自己永远这样弹下去。但我还是撇开钢琴，拉过床上的毯子蒙住脑袋。不能让钢琴把心夺走，每敲一下键盘，成濑纯一的脑细胞就会消失一点。

这天晚上，电视上播放了一条奇怪的新闻：在距离橘直子尸体发现地大约一公里的地方，找到了她的衣服。

真奇怪，那衣服明明已经被我处理掉了。

播音员接着说，用来切割尸体的锯子被扔在附近，周围的草丛被踩过，有数人走动过的痕迹，还说有证人声称，在事发当晚看到一辆红色汽车进了山，车上坐着几个年轻男女。

我明白了出现这可笑证据和证人的原因："这是在伪装。"

"伪装？"阿惠歪歪头。

"有人开始行动了。"

"有人？"

"想顺利推进脑移植研究的人，我不知道他们的真正面目，但有一点确凿无疑，他们正在拼命抹去我的罪行。"

"可是，"她舔舔嘴唇，"要是警察认真调查的话，不就马上能识破伪装了吗？要不然，想怎么犯罪都行了呀。"

"认真？"我冷哼一声转过脸去，"警察不可能认真。某种强大势力启动时，警察也总包含在其中。"

"这么说……你不会被警察抓走了？"

"警察不会抓我。这是那群浑蛋的剧本，剧本的结尾是，我死于某起原因不明的事故。"

"没事，只要你在这儿，我不会让他们得逞的。"

我对她的幼稚想法嗤之以鼻："只有在他们到来之前自行了断，别无选择。"

"你……"

"画板买了吗?"

"在这儿呢。"

我打开纸包,把画板立在窗前。现在看到的只有楼群的灯光。

画什么好呢?想要怀抱成濑纯一的心去死,我到底该画什么?

【仓田谦三笔记　3】

　　谜团很多。有新的证据和证词，但都有些偏差，有些不合逻辑。搜查本部得到的指令是追查红色汽车里的几个男女。我的意见是应该彻查被害者橘直子周边，局长说那个方向当然也会去推进，却没有具体指示。

　　会后向科长提出去追捕成濑纯一，没理由不去注意这个在尸体身份辨明后马上消失的男人。科长给的指示却是寻找那辆红色汽车，真不可思议。不知为何，关于这起案件，上司们一点也不积极。

　　说起成濑，今天嵯峨律师来了，来问他的下落，说是听说警察在那家伙住处附近打探就来了。我告诉他，我们也在找他。

【堂元笔记　10】

八月二十九日，星期三。

嵯峨来访。他表情严肃，想必知道了什么。果然，他问起橘助手被杀和成濑纯一失踪之事。开始我想佯装不知，他威胁说再糊弄要诉诸强制手段。他有一定背景。我明白还是坦白更明智，就简短说明了来龙去脉。他显然很郁闷，救了自己女儿的青年就此变成杀人狂，这事实像是让他一下子难以接受。

39

闭门不出五天了,已经摔坏了十个画板。意识不清的时刻在增多,拿画笔的手开始颤抖。

"阿纯,求你了……"她在背后说。

我把手里的画笔扔过去:"别随便进来!"

"可是……"她用手背挡着眼睛,嘴角一撇,哭了。

看到她这种表情,我更加焦急。"出去!"我大叫,"别在我面前出现!"

"我这就走,可是求你了,哪怕吃一口。"

"说过了,不想吃。别管我!"

"可你……这两天什么都没吃,这样会死的。"

"还不会死,但离死已经不远,剩下的不多了,不能把宝贵时间浪费在无聊的事情上!"

"吃一点吧。"

"别烦我。"

我捡起画笔重新面对画板,这种动作也让我觉得时间宝贵。这时,她从旁边伸手拿走了画板。

"还给我!"

"这种画还不如不画!"她把画板摔在地板上,用脚去踩。

"你要干什么?"我一把推开她。

她的头撞到了墙,她呻吟着蹲下来。我的手伸向她的脖子。她全无反抗,只是转动眼珠抬头看我:"想杀我?"

我没说话,想加一把劲。就在这时,脑袋里又开始一阵剧痛,比以往任何一次都来得猛烈,我抱着头,痛得打滚。

我不知道头痛持续了多久,清醒过来时发现自己躺在地上。感觉跟刚才有些不同,就像镜头对上了焦,我觉得神志清醒。

阿惠担心地看着我:"你……没事吧?"

"嗯……"我慢慢直起身,重新看着她。那一瞬间,像被抓住了头皮似的,我感觉到一阵刺激。连我自己也不明白,一种近似性欲的欲望喷涌而出。她的脸,她的身体,在召唤我。

"脱衣服。"我说。

她大吃一惊:"啊?"

"我让你脱衣服!"我重复了一遍,"全脱掉!"

她没问为什么,开始脱衣服,直到全身赤裸像个木偶似的站在我面前:"这样行吗?"

"躺在那儿。"我拿起新买的素描本,开始动笔。几根线条眼看着勾勒出她的样子。我确信自己能画,现在能画。

"画板,你去买新画板吧。"我看着画完的素描说,"还有颜料。一切从头开始,你把屋子里的垃圾作品全都扔了。"

她穿上衣服,没有马上出门。

我大叫:"磨蹭什么?赶紧去!你想让我的灵感消失吗?"

她开口了:"我这就去,趁这点时间你吃饭吧,我做了三明治。求你了。"

"三明治？"我皱起眉头。泪水从她眼睛里流出来。没办法，我点点头："知道了，我吃。这幅画完成之前我不能饿死。"

"我走了。"她像是放心了，走出门去。

这一天，我倾注了全部精力去画她的裸体。这是我几个月来第一次体会到创作欲。我不知道为什么会发生这种变化，很明显，这和强烈的头痛不无关系。也许是残存在我体内的成濑纯一的部分在发出消失之前的最后闪光——如果是这样，画这幅画就成了成濑纯一活着的证明。

留给我的时间还有多少？

40

画笔无法继续。

不管我怎么想画，拿笔的手都动不了。裸体画还没完成，对它的执着却正慢慢消失。

回过神来，我发现自己坐在玩具钢琴前，用一根食指弹着，一弹就是几个钟头。

不画了吗？——模特儿问道。我没回答。于是她一遍又一遍地问：为什么不画了？怎么不画了？我叫道：好了，别管我！

她哭了。我看着厌烦，问她为什么哭，要是不情愿到想哭的话，出去好了。

因为爱你才在这儿的，她说。

爱？究竟什么是爱？

我记得自己曾爱过她，那是遥远的过去了。所谓爱着谁，只不过是比对别人少了一点戒心。

我爱你，她重复着。不能相信这种虚无的台词，假面之下不知道会汹涌着怎样的欲望。

【叶村惠日记　7】

九月四日，星期二（雨）

今天吓了一跳。正在画具店找颜料，突然有个不认识的男人叫我。开始我以为是警察，想跑。他说不是的，递过名片。嵯峨道彦，从阿纯那儿听说过这名字。

他说他拿着我和阿纯的照片，在大一点的画具店一家家找，因为那是唯一的线索。看来是一得知我几乎每天去那家店就守在那儿了，真厉害。

他问我住哪儿，我没说，他也就没再问。他说，有一点他先说在前头，任何时候他都会当阿纯的辩护律师，不管官司要花几年都会坚持。他说得很坚决。我问精神失常时犯的事算不算犯罪，他说，阿纯不是精神失常，是意识沉睡，而京极的意识在控制他的身体。他说自己在法庭上也会这么主张。

他说想问问情况，希望能跟我常见面，我说我会给他打电话。他说我一定很痛苦，但一定要努力，这对我多少是鼓励。真的是筋疲力尽了……

41

　　食指生疼，大概是键盘敲得太多了。又坏了两个键，"哆"和"咪"不响了，这样，能发出声来的只剩下九个音了。我不知道用它们能演奏什么曲子，就自己编，曲名叫"脑的赋格"。

　　这是什么？钢琴发出奇怪的声音。

　　不对，是门铃声。到这儿之后第一次听到门铃响。没有客人来过，也不希望有人来。是谁来了？

　　我以为她——画的模特儿会出去开门，可她不在，不知是不是出去买东西了。这几天她常常不见人影。我该小心了，接近我的人总在这种时刻出卖我。

　　没办法，我站在门后，透过门镜往外看。外面站着个不认识的男人，戴着眼镜。

　　像是感觉到里面有人，那男的说："我是隔壁的。"我不说话。隔壁的跟我没关系。

　　他在外面站了一会儿，见怎么等也没人答应，像是烦了，有些不高兴地消失在门镜的视野里，脚步声也渐渐远去。

　　我回到屋里，又在钢琴前坐下，接着作曲。琴键怎么也不够。吭当,吭当,吭当,要是再有个像样的音就好了。

就在这时,我被人从后面捂住了嘴巴,同时手也被捆住了。我使劲挣扎,眼前出现一块白布,冲着我的鼻子蒙过来。

我想叫,刚一吸气,便觉得脑袋一麻,眼前变得漆黑。

醒过来是因为嘴里被灌了什么东西。不一会儿,那液体流了出来,是廉价的威士忌。我呛了一下,睁开眼,面前是一张男人的脸。刚才在门外摁门铃的眼镜男。

我挣扎着,但动弹不了,双手双脚都被绳子捆住了。另一个男人抬起我的头,想往我嘴里塞威士忌酒瓶。

"醒了?"眼镜男说。

我环顾四周,看不太清楚,像是个仓库。

"不用去想这是哪儿,喝我们的酒就是了!"

他说这话的同时,酒瓶塞进我的嘴。威士忌流了出来。我吐出一些,也吞下一些。

"别太野蛮,留下可疑的痕迹可不好办。"

"啊,知道。"

我的脸被从两边揿住,不得不张嘴。威士忌又灌了进来,倒光之后又换成白兰地。

"对不住,不是什么上等酒,不过量比质重要。"

我一边被灌酒,一边思考他们的身份。大概是若生说的那帮家伙,一定是我活着对他们不利的浑蛋们下的命令。

"喂,让他歇会儿。"随着眼镜男的命令,酒瓶从我嘴边拿开。我深深吸了一口气。酒精很快散开,平衡感开始狂乱。

"我们不得不杀了你,"眼镜男说,"你大概不知道为什么会落到这一步吧?"

我的疑问在别处，这些家伙怎么会找到我？我与外界断绝了联系，不应该被发现的。

"目的嘛，我们也不知道，只是奉命把你干掉，扮成死于事故。你很可怜，但我们只能从命。"

"你没什么想说的吗？说点什么？"

我淌着混杂了酒精的口水说："为什么……"

"什么为什么？"

"为什么……会知道我在那儿？"

"这个呀，"眼镜男嘴角一翘，"是女人，女人告诉我的。"

"女人？"

"是你的同伴，可那女人出卖了你！"

那个画画模特儿吗？果然。没错，只有她。

"休息结束。"

嘴被撬开，白兰地又灌了进来。意识周期性地远去。想吐，耳鸣，头痛，还有眩晕。白兰地也空了，他的手从我面前拿开。我失去平衡，倒在地上。

"这样行了吧？"

"嗯。再过一会儿，酒精会更起作用。"

天花板在转。意识混沌。身体无法动弹。我闭上眼，世界还是不停地转。

被出卖了，还是被她出卖了。看看，还是被出卖了，不是说过不能信她吗？你真是个蠢货。

身体好像消失了，只有意识在浮游。这是哪儿？

你真是个蠢货——很久以前，记得谁这么说过我。是上小学的时候，附近的操场，领头的孩子说：现在开始挨个进行击球和防守练习，出错的围着街道罚跑一圈，第一个从阿纯开始。不行，我不要当第一个。

少啰唆，难道你不听话？我被逼无奈，去防守。接了两三个普通的滚地球后，球朝着令人绝望的方向飞去，根本追不上。孩子头说：失误了，你去跑步！其他孩子也跟着起哄：快去跑，阿纯。我开始跑，跑出操场，绕过烟草店，满头大汗地跑，只想快点和大家玩。可当我跑回操场，其他人已经在比赛，不再进行防守练习。除了阿纯，没人跑步。阿纯走了过去，谁都假装没看见。这时阿纯才知道，刚才的把戏是为了把自己排除出去。阿纯捡起手套，走出操场，知道大家在挤眉弄眼地看自己的背影。刚才跑过烟草店门前时，像是看到了事情经过的店主说：你真是个蠢货。

不能相信别人。人不可能爱别人。

"该收拾他了吧？"

远处有声音传来，我微微睁开眼。一个男人拿过一个罐子，打开盖子一倒，液体从里头流了出来，气味刺鼻，像是汽油。他往我周围洒着。

"要往他身上浇吗？能保证烧得彻底。"

"不要浇在身上，想造成的假象是，他喝醉了进来，不慎着火被烧死了。要是烧焦了就不自然了。周围也要浇得像一点。"

"明白了。那就点火啦。"

"好！"说完，眼镜男就出去了。

剩下那个男的在对面墙上堆上破布，用打火机点上。小小的火苗蹿了起来，确认之后他也走了。

我望着燃烧的火焰，等那火焰烧到汽油浇过的地方，就会变成熊熊大火。可是，很奇怪，我没有恐惧和焦急，看着燃烧的火焰甚至有些亲切。和母亲在火葬场的离别，不对，那不是我的记忆，是京极瞬介的。

我烧的是老鼠。

被那帮打棒球的孩子赶走，回到家，阿纯抽抽搭搭地哭了。妈妈赶过来说，怎么啦，被欺负了？阿纯喜欢妈妈的围裙，刚想靠上去，被爸爸抓住了脖子：你过来！

阿纯被带进里屋，地上放着一个铁丝笼，里面关着一只老鼠。爸爸说是用老鼠夹子抓住的。爸爸让阿纯拿走笼子，把老鼠弄死。

阿纯干不了这种事，但爸爸不允许。连只老鼠都弄不死怎么行？你就把老鼠当成你憎恨的家伙好了，不把它弄死你就别回家。

想不出什么法子弄死它，直接下手看来是不可能。阿纯想了半天，终于想到浇上油烧死它，这样只用点上火，然后捂住眼睛就是了。

拿来灯油，从铁笼上面往下浇。老鼠满身是油，还在乱动。阿纯点上火柴，屏住呼吸朝笼子扔去。着火的一瞬间，阿纯把脸转开。这时爸爸在背后说：你要看着，阿纯，别忘了你能做这样的事，只要记住这一点，就没什么可怕的东西了。

阿纯壮着胆子去看。老鼠被烧得四处乱窜，皮肉的焦臭味扑鼻而来。老鼠临死之前，阿纯觉得它的小眼睛捕捉到了自己。之后三天，阿纯一直睡不着，几乎没吃什么东西，恨死了爸爸。

回过神来，周围已被火包围。我慢慢站起身看着四周。我就是那时的老鼠，和那时一样，有人在看着我被烧死。

可我还不能死，还要去收拾叛徒。所谓的爱，根本不存在。

火焰烧到墙上，蹿上天花板，变成一片火海。我在火里走着，身体有点摇摇晃晃，脑袋却很清醒。

到了门口，踹开门，一瞬间，火苗如波浪一样从背后袭来。背上着火了。我跳了出去，在地上打滚。头发一股煳味。

回头看看房子，好像是纺织厂的仓库。到处开始冒烟。

我往外走。这是哪儿？总之得回到那个屋子。

然后，杀了她。

42

  我想叫住路过的出租车,却一辆也不停。大概是因为司机看见了我的模样:衣服已被烧焦,身上满是烧伤。

  我看看附近,目光停在垃圾堆上,踩进去找,发现了一根生锈的铁管。我捡了起来。

  我又站在大路边,虽是深夜,却有不少车,接连开过去好几辆。

  等车少了一些,我来到路中央。不一会儿,有车灯靠近,那辆车前后都没车。我把铁管藏在身后,挡住车道。

  车开始摁喇叭,似乎这样就能随心所欲。我仍站着。一声刹车,那辆车停了下来。

  "浑蛋!"开车的男人从车窗里伸出脑袋怒吼。是个年轻男人,旁边坐着个女人。

  我靠近汽车,猛踹车牌。

  "这家伙想干吗?!"那男的离开驾驶座,走下车。天色很黑,看不清楚,估计他面红耳赤。

  他伸过手来,想抓住我的衣领。我拿出背后的铁管,猛击他的腹部。我的手一震,他皱着眉蹲下。我接着砸向他的脑袋,这下他彻底倒了。

突然,有人叫道:"喂,干什么哪?"我一看,对面车道的一辆车正要停下。司机是个中年男人。

我不理他,坐进年轻男人的车。副驾驶座上的女人发出尖叫。

"下去!"我把铁管举到她面前。她像屁股着了火似的夺门而去。

对面车道的车别了过来,要挡住我的去路。我毫不犹豫地踩下油门,撞上了那车的前部,接着把车往后倒了倒,再踩油门,又撞了上去。这回我扬长而去。

【叶村惠日记 8】

九月六日，星期四（阴）
买完东西回来，阿纯不在，像是被谁带走了。我在公寓周围找了个遍也没找到。该怎么办？
现在是深夜，该不该给嵯峨打电话？
阿纯说过的杀手会找到这儿吗？这儿不可能被发现。但要是嵯峨被人盯梢了呢？也许盯着跟他见面的我，就找到这儿了。
神啊！要是阿纯有个三长两短，我也去死。

43

就差一点,警车又出现了。真是讨厌的苍蝇,怎么赶也赶不走,不知从哪儿又追了上来。

警车跟我并排疾驰,警察在车里大叫着什么,大概是让我停下。我一转方向盘横撞了过去,大概是没料到我来这一手,那车横进了隔离带。

往前开了一会儿进了小路,我把车扔下。从这儿走一会儿就到了。这个时间也不会被人看见。

烧焦的衣服耷拉下来,我一把扯下扔掉。烧伤隐隐作痛。

我顺利来到房门前。问题是门锁。若是摁门铃,看到是我,她绝不会开门。

我慢慢转动门把手,试着开门,惊奇地发现门居然没锁。

一定是做梦也想不到我会回来,一大意就忘了锁门。

我进了门。屋里亮着灯,她趴在餐桌上写着什么。听到动静,她回过头来,瞪大了眼睛:"阿纯……"

我走过去。

"你到底去哪儿了?我担心……担心死了。"她的表情像是在哭,又像是惊喜,"怎么弄成这样?还受了伤……发生什么事了?"

"真不巧,"我说,"我还活着。"

"不巧?你说什么?"她装傻。

"他们到这儿来了,从你那儿打听的消息。他们把我弄晕,连整个仓库一起烧掉。这种杀法是你的主意?"

"他们……果然有人来过这儿了。"

"别演戏了!"我摇头,"我想吐。"

她从椅子上站起来,绕到桌子那边。大概她发觉已经无法搪塞了。

"等等,你听我说。是那家伙跟踪了我找到这儿的。"

"够了,别说了!"我靠近她。

"求你了,你杀了我没关系,但是别怀疑我。我心里想的全是你。"她后退着躲进卧室。我慢慢追过去,反正她已经无路可逃。

"阿纯,住手!快想起我来!"她靠在墙上流着眼泪。是知道死期已到才哭的。我伸手去掐她的脖子,她挣扎了一下,却没怎么反抗。我十指收紧,指甲陷进她的脖子。她闭上眼睛。

就在这时,脑中有暴风雨袭来。

还是那种头痛,但比以往任何一次都更猛烈、更急促。我差点昏过去。暴风雨过去后,我看见了难以置信的一幕:我掐着她的手正在违背我的意志,放开了她的脖子,使劲去抓她后面的墙,强烈的冲力让我的身体往后一个踉跄。

我盯着自己的手,然后看看她。她——叶村惠睁开眼,轻呼一声:"阿纯。"

真可怜,我想,她如果被我杀了真可怜。她是被卷入了我这场灾难的受害者。

为什么会这么想呢?刚才的杀心哪儿去了?我困惑地摇摇头。这时,阳台那边的窗子映入眼帘,上面照着我自己的样子。

玻璃上的我盯着自己。

不是那双眼睛,那死鱼眼般的眼睛。不用说,这是成濑纯一的眼睛。

他没死,也没消失。就算看起来是被京极瞬介支配,成濑纯一还潜藏在意识下,一直在看着我。

成濑纯一就在这儿。

我的目光落在红色钢琴上。我不会再输给它了。我举起它奋力朝地板摔去,踩碎了它。几个键飞了出去。

我看着阿惠。她还是一脸胆怯,但好像注意到了我的变化。

我伸出右手,她犹豫了一下,触到我的指尖。

"阿纯……"她声音嘶哑,"是你吗?我知道,是你。"

"我忘不了自己曾爱过你。"

大颗的泪珠从她眼里滚落,像珍珠一样闪着光,落到地上。

我放开手,转身离她而去。

"你去哪里?"她问。

"去找回来。找回我自己。"

我走出屋子,向暗夜迈去。

【堂元笔记 11】

×月×日。

我必须记下那个夜晚的情景。不把它弄清,就无法整理自己的心情。

成濑纯一打来电话时已经过了凌晨三点,他说十万火急,让我去学校研究室。

到了研究室,他已经等在门前。看见他,我倒吸了一口凉气。站在那儿的不是受控于京极的脑的他,而是手术刚刚结束后的他——成濑纯一。

"你复原了?"我抑制住惊讶,问道。

他淡淡一笑,慢慢摇头:"不是复原,只是在这短短一刻,纯一回到了我这儿。"

"短短一刻?"

"先进屋吧,要说的话太多,但留给我的时间太少了。"

我点点头,打开房门。像以前给他治疗和检查时那样,我们隔着小小的桌子对坐。

"从俄狄浦斯开始吧。"他对我说起这些天发生的事,冷静得像是在讲述自己儿时的记忆，内容却是远远超出我想象的世界。我被震撼得无法出声。

"然后我发现了可能性。"他说。

"可能性？"

"去掉京极亡灵的方法。"

"你说什么？"我为之一振，探过身去。然而，他说的办法终究无法实现。

他说的是：只要把移植的部分全部去掉。

我回答："那不行，那样你就成了废人，弄不好可能会死。"可他强烈要求再次手术，即使成了废人也在所不惜。

"所谓废人只不过是对于这个世界而言，就算无法活在这个世界，成濑纯一还能活在无意识的世界里，证据就是——他没有消失，而是这样来呼唤我。"

"无意识的世界……"

"我相信那个世界一点都不小，在那儿能开启另外的世界，步入另外的人生。就算手术不顺利，死了，也没关系，总比做一个想杀死爱自己的女人的人要好。"

我没什么理由去否定他的话。他的目光越过我看着远方，也许是在看他想象的无意识世界。但我还是拒绝了。身为医生，我不能剥夺活人的意识，更不能让他去冒死亡的危险。

"原来可以让杀手杀我而自己却下不了手呀！"他说这话时目光逼人。

我说不管怎样我做不到。

他闭上眼，一动不动地沉默良久。

"没办法了。"他终于开口，"既然你拒绝，我也没办法了。"

"没道理的事我做不了，但我会尽全力为你治疗。"

"全力？"他像是又笑了，说声告辞站起身来，走到门口又回头问了一句，"已经没有备用的脑了吧？"

"备用？"

"可以移植的脑，概率为十万分之一的适合我的脑。"

"哦，"我点头，"很遗憾，没有。"

"那我就放心了，已经受够了。"他走了出去。

我明白他这句话的含意是在片刻之后。就在我站起来的同时，枪响了。完了！我冲出房间。

他倒在走廊上，头右侧破裂，左手持枪。后来得知，枪是他在见我之前从警官那儿夺来的。

此后的事情无须详述。我决心无论如何要帮成濑纯一，那是一种补偿。

克服种种人为的障碍后，手术大获成功。当然，这次没能移植，但生命得救了。

成濑纯一像他本人希望的那样，成了生活在无意识世界里的人。他的表情的确像是洋溢着幸福，直到今天早上结束了短暂的生命。我们不知道，在无意识的世界里他度过了怎样的人生，也不知道那个世界是否像他期待的那样存在。

从脑移植手术后直到他放弃被移植的脑，关于这期间发生的一切，我们手头的资料里有近乎完美的记录。这些无疑对今后的研究非常有用，但大概不会公之于世。成濑纯一自杀未遂事件将成为永远的谜。

我们又有了新的大课题——人的死亡是什么？

成濑纯一事件必须秘密处理的原因不单单在于给他移植的脑来自罪犯京极，以及手术最终给了他不幸，这些都还是小事。最大的问题在于，虽然只是一块小小的脑片，京极却活了下来。他被断定为心脏死亡，脑波也停止了，却还活着。他的脑细胞确实没有全部死亡，也正因为如此才有可能移植。

那么，不就无法判断人的死亡了吗？即使我们所知道的生命反应全都消失，人也许还在悄悄地、以我们完全想象不到的方式活着。

这就是我们的课题，大概是永远无法解决的课题。

讽刺的是，事件发生后，有人想买他留下的大量的画。可能是因为他的女友叶村惠以他的名义展出过几幅画，得到了极高的评价，也可能是因为关于他的争议起了作用。叶村惠用卖画所得的钱延续了纯一的生命。

她刚离开，是来向我道谢的，说长时间承蒙关照。其实，我才是深为感动，为她的献身。

当时，她给我看了一幅画，说就这一幅留在身边没有卖，还说那是纯一最后的画。

据说那是他画过的唯一一幅裸女像，虽然没有完成，却连她的雀斑，都画得很仔细。

图书在版编目(CIP)数据

变身／〔日〕东野圭吾著；赵峻译． －2版．－海口：南海出版公司，2016.8
 ISBN 978-7-5442-8423-3

Ⅰ．①变… Ⅱ．①东…②赵… Ⅲ．①长篇小说－日本－现代 Ⅳ．①I313.45

中国版本图书馆CIP数据核字(2016)第148152号

著作权合同登记号　图字：30-2016-055
Henshin
© Higashino Keigo 1994
Original Japanese edition published by KODANSHA LTD.
Publication rights for Simplified Chinese character edition arranged with KODANSHA LTD.
through KODANSHA BEIJING CULTURE LTD. Beijing, China.
All rights reserved.

变身

〔日〕东野圭吾 著
赵峻 译

出　　版	南海出版公司　(0898)66568511	
	海口市海秀中路51号星华大厦五楼　邮编 570206	
发　　行	新经典发行有限公司	
	电话(010)68423599　邮箱 editor@readinglife.com	
经　　销	新华书店	
责任编辑	张　锐	
特邀编辑	王　雪	
装帧设计	朱　琳	
内文制作	王春雪	
印　　刷	北京天宇万达印刷有限公司	
开　　本	890毫米×1270毫米　1/32	
印　　张	8.5	
字　　数	175千	
版　　次	2009年7月第1版　2016年8月第2版	
印　　次	2022年9月第43次印刷	
书　　号	ISBN 978-7-5442-8423-3	
定　　价	35.00元	

版权所有，侵权必究
如有印装质量问题，请发邮件至 zhiliang@readinglife.com